書下ろし

女房は式《しき》神《がみ》遣い！

あらやま神社妖異録

五十嵐佳子

祥伝社文庫

目次

山《やま》本《もと》咲《さく》耶《や》

荒山神社《あらやまじんじゃ》の神主《かんぬし》・山本宗高の一つ年上の姉さん女房。夫には秘密にしているが、実は式神遣《しきがみつか》い。また、京で代々続く陰陽師《おんみょうじ》の家に生まれたため、あやかしの姿が見え、言葉も聞こえる。面倒ばかりを引き受けてくるが心優しくまっすぐな夫にぞっこん。

山《やま》本《もと》宗《むね》高《たか》

咲耶の夫。イケメンだが異常に涙もろい。氏子《うじこ》や口さがない町屋の衆《しゅう》には「ぼんくら神主」と評され、実際のところうっかりしているが、それを気にするふうもなく他人の世話にいそしむ。不可思議《ふかしぎ》な現象が大好きなのだが、あやかしの類《たぐい》にはとんと鈍感。

ミヤ
荒山神社敷地内にある長屋の住人。居酒屋《マスや》の看板娘として働いているが、実は妖怪・化《ば》け猫《ねこ》。弟の三吉とともに暮らす。

三吉《さんきち》
ミヤの弟（として、一緒に暮らす妖怪・三《み》つ目小僧《めこぞう》）。見た目は十歳そこそこ。手習い所に通いながら代書屋《だいしょや》で働き、小遣いを稼《かせ》ぐ。

山本キヨノ
宗高の実母。咲耶のあら探しをしては厳しい小言をいう。勝手にずかずかと家に入ってくるや、面倒ごとを押しつけて帰っていく姑《しゅうとめ》。

山本宗元《むねもと》
宗高の父、先代の神主。あそこは代々のぼんくら神主一家、と悪く噂《うわさ》される元凶《げんきょう》。とにかく何もしようとしないが、人畜無害《じんちくむがい》な舅《しゅうと》。

一条豊菊《いちじょうとよぎく》
咲耶の実母。陰陽師としての力にも秀《ひい》で、式神を使い、京から娘夫婦宅へリモート出現してくる。咲耶と宗高を離縁《りえん》させようと企《たくら》む。

蔦《つた》の葉《は》
咲耶の祖母。実は人間ではなく、山に棲《す》む白《びゃ》狐《っこ》であり、神に近い存在だった。桂川《かつらがわ》の源流部で、夫・安晴と静かに暮らしている。

一条安晴《やすはる》
咲耶の祖父。己《じぶん》は陰陽師の家柄を捨て、永遠の命を捨ててくれた蔦の葉と結婚。咲耶に荒山神社を紹介したのだが、その理由は不明。

第一話・式《しき》神《がみ》遣《つか》いの女房

◇◆◇◆

猫じゃ　猫じゃと　おしゃいますが♪
猫が下駄《げた》はいて　絞《しぼ》りの浴衣《ゆかた》で来るものか♬
オッチョコチョイノ　チョイ♬

縁側にごろりと横になり、組んだ両腕を枕《まくら》にした咲耶《さくや》が調子よく口ずさんでいるのは、近ごろ巷《ちまた》で流行《はや》っている端唄《はうた》だ。

通ってきた恋仲の男を見とがめられ、それは「猫よ」とすっとぼけたのに、「あら、猫は下駄を履かないし、浴衣も着ないわよ」と返される、ちょいと色っぽい戯《ざ》れ唄である。

カタリと音がして、咲耶はむくっと起き上がった。

物音のした庭に目をやると、近所で飼われている茶トラの猫が、のっそり植木の下に潜《もぐ》りこもうとしている。気づかない間に、遊びに来ていたらしい。

「猫でよかったぁ。お姑《かあ》さんに聞かれでもしたら、またお説教だ」

——由緒《ゆいしょ》ある荒山神社《あらやまじんじゃ》の嫁《よめ》ともあろうものが流行り歌を大声で歌うなんて、これだからあなたという人は――

目を三角にして、咲耶に向かって口から唾《つば》を飛ばす姑《しゅうとめ》・キヨノの顔が目に浮かび、咲耶はあわててツルカメツルカメとつぶやく。

キヨノは地獄耳《じごくみみ》のうえ、音も立てずに咲耶のすぐ後ろに立っていたりする。片時《かたとき》も油断してはならぬ相手だった。

キヨノのひとり息子・宗高《むねたか》が、十年にわたる神主《かんぬし》修行から神社に戻ってきたのが一年前。しばらくして巫女《みこ》として奉公していた咲耶と相惚《あいぼ》れになった。キヨノにとって、それは石が浮かんで木の葉が沈むようなことだったに違いない。

やっと戻ってきたイケメン息子との日々を十分に楽しみ、そのうえで自分の目にかなった娘と一緒にさせるというのが、キヨノの腹づもりだったのである。

だが、お気楽が着物を着て歩いているような宗高は、キヨノの大反対を柳に風と受け流し、半年前にふたりは祝言《しゅうげん》をあげた。

その日から、咲耶は荒山神社の神主・山本《やまもと》宗高の女房になった。

けれどキヨノは未《いま》だに納得していない。咲耶のアラ探しをしては、自分のもくろみをぶっつぶされた腹立ちをぶつけている。

「……お姑さんがこれを見たら、小言をいう前にひっくり返っちゃうかも……」

明るくよく響く声でつぶやき、咲耶はまわりを見まわした。

見えない人に操られているかのように、ほうきが畳の目に沿ってシャッシャッと埃《ほこり》を集めている。縁側の板の間をひとりでに往復しているのは、きゅっと水を絞ったぞうきんだ。

外に目をやれば、手ぬぐいがパンパンと自ら勢いよくはためき、物干し竿《ざお》に翻《ひるがえ》る。さらに一枚、空中に舞い上がったと思いきや、バサバサとシワを伸ばし、これまた物干し竿にふわりとかかる。

洗い上がった寝間着や肌着は、袖口《そでぐち》からするすると竿に通っていく。井戸端《いどばた》に置いてあった洗い桶《おけ》はころんとひっくり返り、水を切った洗濯板とともに縁台にもたれかかった。

水色の絵の具を流したような弥生《やよい》（三月）の空が広がっている。

すぐそこに、荒山神社の社《やしろ》の屋根が見えた。境内《けいだい》に盛大に咲く桜のせいか、屋根の両端に交差して立つ千木《ちぎ》も、花びら色に淡《あわ》く染まっているかのようだ。

思わず浮かれて歌も飛び出す、てなもんな、春も盛《さか》りの朝だ。

咲耶はう〜んと腕を上げて伸びをした。白の小袖《こそで》に緋《ひ》色の袴《はかま》姿でも、伸びやかな手足をしていることがわかる。腰まである豊かな髪をきりっと束ねた垂髪《たれがみ》もよく似合っていた。

咲耶は浮世絵《うきよえ》に描かれるような、なよやかな美人とはひと味違うが、よく輝く瞳と、形の良い大きめの唇《くちびる》をしていて、笑うと愛嬌《あいきょう》がこぼれる。

「あ……おはようございます。これはお珍しい……」

境内のほうから宗高の柔らかな声が聞こえ、咲耶は耳をすました。

「……それでしたら、社務所《しゃむしょ》よりも家《うち》のほうが。散らかっているかもしれませんが……」

足音で宗高がこちらに向かっているのがわかった。

咲耶はあわてて唇を左右に動かす。

とたんにほうきやぞうきんの動きが、ぴたりと止まった。

ほうきがかたりと壁にもたれ、ぞうきんは宙に浮くなり一直線にすっ飛んで桶の中にぽちゃりと落ちる。

咲耶は式神《しきがみ》の使い手だった。

ぞうきんやほうきが人の手を借りずに掃除をし、洗濯物が自ら物干し竿にぶら下がるのも、咲耶が呼び出した式神のなせる技だ。

式神は、宮中で陰陽師《おんみょうじ》が用《もち》いる見えない力であり、害をなす悪霊などを退《しりぞ》け、宮城《きゅうじょう》や貴人を守るためにある。本来、雑用をさせるためのものではない。ただ平安の昔、安倍晴明《あべのせいめい》には、式神に女人《にょにん》の格好をさせ、酒の席にはべらせたという逸話《いつわ》が残っている。式神にそんな雑用を命じえたのは、晴明がぴか一の陰陽師であるからこそだった。

つまり、唇をちょいと動かすだけで式神に掃除洗濯をさせていた咲耶も、かなりの使い手ということになる。

咲耶は京の陰陽師一族の一条《いちじょう》家の娘だった。

祖父・安晴《やすはる》は伝説の陰陽師と語られるほどの使い手だったのだが、宮中の雑事や、ややこしい人間関係、足の引っ張り合い三昧《ざんまい》の出世競争にほとほとうんざりし、たび重なる慰留《いりゅう》も退《しりぞ》け、早々に引退してしまった。今は祖母の蔦《つた》の葉《は》とともに桂川《かつらがわ》の源流の山里で静かに暮らしている。

そのひとり娘が咲耶の母・豊菊《とよぎく》だ。豊菊は安晴とは反対に、田舎《いなか》の暮らしを嫌い、都への憧れを募《つの》らせ、年頃になるや、ひとり京に出て、宮中に伺候《しこう》し、代々陰陽師の血筋である典明《のりあき》を入り婿《むこ》に迎え、咲耶をもうけた。典明は名門・一条家の後継ぎとして、今も宮中に参内《さんだい》している。

そんな陰陽師たちの中で育った咲耶は、幼いころから見よう見まねで式神を操り、気がつくといっぱしの使い手となっていた。

動きを止めた桶やほうきをばたばたと片付けたところで、宗高の声が聞こえた。

「咲耶、お客様だよ……」

「は～い、ただ今」

入り口の板の間に足早に向かい、咲耶は「いらっしゃいませ」と折り目正しく三つ指をついた。

顔を上げると、宗高が涼しげな目を細め、いつものように微笑んでいた。隣にいる中肉中背の年配の男より、首ひとつ分背が高い。

すらっとした身体に、白の単《ひとえ》と浅黄《あさぎ》色の袴の神主姿がよく似合っている。笑うと少年のような面差《おもざ》しになった。

「お初にお目にかかります。大木屋《おおきや》の長左エ門《ちょうざえもん》と申します」

鉄紺《てつこん》色の紬《つむぎ》の着物に対《つい》の羽織を着た隣の男が軽く頭を下げる。《大木屋》は名の知れた小間物問屋《こまものどんや》で、荒山神社の氏子《うじこ》だった。

「この方がおかわいらしいとみなが噂《うわさ》をしている咲耶さんですか。いや、評判通りですな。宗高さんは、お幸せですな。金の草鞋《わらじ》を履いて探さなくても、修行を終え、実家に戻ったら、妙齢《みょうれい》の巫女さんが待っていたのですから」

長左エ門が如才《じょさい》なくいう。

咲耶はかわいらしいといわれてまんざらでもない気分になったが、金の草鞋のくだりで、笑みが固まった。

咲耶は二十二歳。宗高はひとつ下の二十一歳。

年上女房は金の草鞋を履いてでも探せというたとえは、耳にたこができるほど聞いている。だが、初対面の長左エ門まで知っているとは。咲耶のことを年上年上とキヨノが町でふれまわっているせいに違いなかった。

長左エ門の少しばかりはげあがった額《ひたい》には、シワが四本、くっきりきざまれている。まばらになりつつある眉《まゆ》は、眉尻にかけて一本一本の毛が長くなり、庇《ひさし》のように目にかぶさっていた。

笑顔は好々爺《こうこうや》そのものだが、細い目だけは鋭《するど》く光っている。

長左エ門は一代で身代《しんだい》を築《きず》いた、立志伝中《りっしでんちゅう》の人物だ。

十年ほど前まで、大木屋はわずか間口二間（約三・六メートル）の小売りの店だったという。しかし、美人画を瓶《びん》に貼ったヘチマ水が当たりに当たった。日本《にほん》橋富沢町《ばしとみざわちょう》の隣の土地を買い足し、またたく間《ま》に間口五間の大店《おおだな》になった。その豪奢《ごうしゃ》な家屋敷は、ちまたでヘチマ御殿と呼ばれている。

今では小売りをやめ、近隣の小さな店や行商に様々な商品を卸《おろ》す大きな商いをしていた。

長左エ門は荒山神社の氏子だったが、咲耶が長左エ門に会うのははじめてだった。

宗高と夫婦になってからはもとより、巫女としてつとめているときも、長左エ門は商いで忙しいからと、孫の七五三の祈禱《きとう》にも顔を出さなかった。宗高と咲耶の祝言に出席したのは息子で、後日夫婦になった挨拶《あいさつ》に二人で大木屋を訪《たず》ねたときも、長左エ門は不在だった。

「ありがとうございます。おかげさまで……仲良くやっております」

年長の大金持ちに女房のことを手放しでほめられれば、とりあえず「それほどでもない」とか「なんとかやっている」とへりくだった物言いをするものだが、宗高はいかにも満足げにうなずいた。にやけているといってもいい。

「どうぞ、お上がりくださいませ」

咲耶は苦笑をかみ殺し、ふたりを奥に促した。

荒山神社は東照大権現様《とうしょうだいごんげん》こと徳川家康《とくがわいえやす》が江戸に移ったときに、ここ日本橋横《よこ》山町《やまちよう》に開かれた神社だった。横山町は、隣接する馬喰町《ばくろちよう》に宿泊する商人をあてこんだ呉服《ごふく》問屋、塗物《ぬりもの》問屋、地本双紙《じほんそうし》問屋、荒物問屋、瀬戸物問屋、薬種《やくしゆ》問屋、紙問屋などが立ち並ぶ問屋の町である。

神田明神《かんだみようじん》や山王《さんのう》神社とは比べようもない小さな荒山神社だが、代々、地元の人々に慕《した》われてきた。

咲耶がこの神社との縁を結んだのは、祖父だった。

京の都のど真ん中で暮らしていた咲耶が十八になった春、突然、ひとりで江戸に行くといいだしたとき、父母は咲耶が正気を失ったか、いや、悪いものにとり憑《つ》かれたのかもしれぬと大騒ぎした。

咲耶の思いをわかってくれたのは祖父母だった。祖父が京を離れたわけと咲耶が京を出たいという理由が、ほぼ重なっていたからである。

そして祖父・安晴が「毒にも薬にもならんところやもしれへんが、住み込みで巫女として働けるそうや。ひとりで生きるにはおあしがいる。働かんとな」と荒山神社に取り次いでくれたのである。

どういういきさつでこの神社を選んだのか、間に誰が入っているかを祖父は語らなかったので、咲耶も聞かなかった。

早々に京を旅立ち、江戸のにぎわいに目を回す間もなく、咲耶は荒山神社の巫女として働きはじめたのだった。

だが、キヨノの口から生まれてきたようなところはそのときからだし、今は隠居した舅《しゅうと》・宗元《むねもと》はつつがなく一日が過ぎればそれでよしという仕事ぶりだった。どう考えても荒山神社は、陰陽師の中の陰陽師である安晴が、胸を張って孫に紹介できるようなところとは思えず、祖父の見立ても外れることがあるのか、あるいは力が衰《おとろ》えたのかと咲耶が疑いもしたほどだった。

ただ荒山神社の土地はとてもいい。

通りに面した鳥居をくぐったとたんに、空気が澄みきったすがすがしいものに変わる。

木々に囲まれた参道《さんどう》、左右に鎮座《ちんざ》している狛犬《こまいぬ》、拝殿の右前にそびえるご神木《しんぼく》のモチノキ、参道の両側には桜やもみじ、梅、つつじ、夏椿《なつつばき》が植えられ……境内には穏やかさの中にほの明るさも感じられる。

花の名所に出かけなくても、つかの間足を止めれば、季節の移り変わりも味わうことができる。その風に吹かれるだけで、青空が心に広がるような晴れやかな気持ちになる。

氏子や近所の人も京から出てきたという咲耶をおもしろがり、よってたかって世話をやいてくれた。歯に衣《きぬ》着せぬ物言いに、驚かされることもあったが、裏表がなく、さっぱりとした江戸の人々に咲耶は次第に慣れ、なじんでいった。

そうして三年が過ぎたとき、熊野《くまの》での修行を終えた宗高が帰ってきた。

キヨノと宗元が住む本宅は神社本殿に向かって左手奥に、宗高と咲耶の住む別宅は右手奥にある。

別宅はかつて宗高の祖父母の隠居所だったところで、社務所を兼ねている本宅に比べると半分ほどの広さしかないが、水屋《みずや》を兼ねた土間、田の字に並ぶ四畳半の畳の部屋が三つと、茶の間の板の間が一つあり、咲耶と宗高の暮らしには十分すぎる住まいだった。

宗高の案内で長左エ門は縁側を通り、奥の座敷に向かう。咲耶はふと、その足元に目を留めた。拭きあげたばかりの床板に、長左エ門の足跡が点々と残っている。よく見ると、長左エ門の白足袋《しろたび》の裏が土で汚れていた。

「宗高さんのご祈禱は御利益《ごりやく》があると大変な評判でございます。どんな願いごとも必ず叶うとか」

座布団に座るなり、長左エ門はいきなり切り出した。宗高が頭の後ろに右手をやり、首をかしげる。

「はぁ……」

「やはり、熊野で十年、厳しい修行をなさってきたからでしょうな」

ふたりにお茶を出した咲耶は、部屋の入り口に控えた。

「私は神様におつなぎするように、つとめるだけです。ですから、私がいえますのは、神様が願いをお聞き届けくださいましたら、物事は良きほうに変わって参りましょうということだけでして……」

宗高はさらりと流す。長左エ門が背中を伸ばした。

「なるほど。ということは、神様は宗高さんの声をよくお聞きになる。いや、宗高さんは神様に届く声をお持ち……ということになりますかな」

「……だといいと願っておりますが」

「またご謙遜《けんそん》を」

「それで、今回、ご祈禱をお望みとは。何か気になることでもございましたか」

宗高が静かに尋ねた。

長左エ門は長い息をはき、声を絞り出すように口を開く。

「……お恥ずかしい話ですが、このところ、我が家で凶事《きょうじ》が続いておりまして、家の者に厄年《やくどし》の者もおりませんのに……」

ふっと部屋に影が差した。咲耶が外に目をやると、さきほどまでからりと晴れていた空に黒っぽい雲が広がっている。

「凶事と申されますと？」

「たいしたことはございません。ちょっとした商売の行き違いなどでして。ただ、小事が大事ということわざがありますように、小さなことを怠《おこた》れば大事を成し遂げることはできません。凶事の芽《め》は小さいうちにつむことが肝要《かんよう》。ではございませんか」

長左エ門は大店の主《あるじ》らしくゆったりとした雰囲気を崩さない。その表情は影になって見えないが、文句をつけようがないお大尽《だいじん》ぶりだ。

「こちらにうかがうのは何年ぶりになりますか……ずいぶん御無沙汰《ごぶさた》をしてしまいました」

「ご商売がお忙しくてらっしゃいますから。私が戻ってきてからは、はじめてで。本日はよくいらしてくださいました」

「厄年以来でしょうか？　……厄年のおりはお父上の宗元さんに厄払《やくばら》いをお願いいたしました。宗高さんが手習いに通いはじめたころでしたか。十三年の間に、あの幼子《おさなご》がこんな立派な神主になられるとは、時の流れとは早いものでございますな」

男の厄年は四十二歳。ということは、長左エ門は五十五歳だと、咲耶は勘定した。やや老《ふ》けて見えないこともないが、ほぼ見た目通りだ。

それにしても、大きな商いをしている氏子が十三年間、一度も産土《うぶすな》神社に来なかったというのは、あまり聞いたことがない。

「……で、祈禱ですが……」

無病息災《むびょうそくさい》、家内安全、商売繁盛《はんじょう》、安産祈願、子授《こさず》け祈願、良縁祈願、開運授福祈願、病気平癒《へいゆ》祈願など、祈願内容は人によって様々だ。

「やはり……厄除《やくよ》け祈願と商売繁盛でお願いいたします」

長左エ門は低い声でいった。

そうと決まれば早いほうがいいだろうと、翌朝五ツ（午前八時）に行なうことになった。

部屋を辞してすぐ、長左エ門の足が止まった。

縁側の床板にくっきりと残る自分の足跡に気がついたらしい。あわてて足裏を確かめ、咲耶にふり返った。

「これは……たいへんな不調法《ぶちょうほう》を……」

「いえいえ、そんな……お気になさるようなことでは……」

家から神社まで来る途中でつまずいてしまい、下駄が脱げ、通りに足をついてしまったと、長左エ門はいった。

「朝っぱらから転ぶところでした」

「お怪我《けが》がなくてようございました」

「いやはや、何もないところでつんのめるなんて……年はとりたくないものですな」

「そんな、まだまだお若くていらっしゃいます」

幾分投げやりにいった長左エ門に咲耶が微笑《ほほえ》みかける。長左エ門は厳しい顔を崩さなかった。

鳥居をくぐって帰っていく長左エ門を、宗高と咲耶はふたり並んで見送った。

長左エ門の姿が見えなくなると、宗高が腕を組み、首をひねった。

「……長左エ門さんがうちに来るのを阻《はば》もうとしているものがいたりして……」

「阻もうとしているもの？」

妙《みょう》なことをいいだした宗高を、咲耶は見上げる。

「うちに来るのは十三年ぶりだと長左エ門さんがいっていただろ。そんな珍しい日に、何もないところでつまずくなんて……」

「……いつもの虫の知らせですか？」

「とりこし苦労なら、それでいいんだが」

宗高が少しばかり思わせぶりにいった。

またはじまったと、咲耶はくすりと笑った。

宗高は幼いころ、病《やまい》がちで、しょっちゅう、風邪をひいては寝込んでいたらしい。

五歳になった春、これまでになかったほど、重くしつこい風邪をひき、医師もあとは神に祈るだけだと匙《さじ》を投げたという。

生死の境を行ったり来たりしたあげく、やっと熱はひき、その後は一転して、宗高は丈夫になり、病気らしい病気をしなくなった。

このとき、自分に新たな力が備わったと宗高は自負《じふ》している。たとえば「ここはいい土地だ」「何かおかしなものを感じる」とわかるようになった、と。

なんだかいい感じ、ちょっと気味が悪い……そんなことは、日々、誰もが漠然《ばくぜん》と感じていることではないか。

けれど宗高は、そうしたことを自分は人よりずっと強く感じると、大まじめに信じ、秘《ひそ》かに虫の知らせの力と呼んでいる。この力は他の誰にも明かしてはいけないと咲耶に口止めまでするほど本気で思いこんでいる。

そんなこともあり、咲耶は当初、宗高のことをちょっと変わった人だと距離をとっていた。自分のほうが年上でもあり、男と意識もしなかった。

だが神主と巫女として共にいることが増えるにつれ、こんなにも人に優しくできる人物は見たことがないと、まず驚いた。氏子が悩みを打ち明ければ親身になって一緒に考えてやる。解決しようなんて気はさらさらなく、悩みをただ口にするのが習《なら》い性《しょう》の人にも辛抱《しんぼう》強くつきあう。決して怒らない。ムキにならない。

相手が長屋のばあさんでも、武士でも大商人でも、誰に対しても丁寧に相対する。居丈高《いたけだか》になることもない。萎縮《いしゅく》したりもしない。

照れくさいときには少しそっけなくなったり、ぶっきらぼうになることもあるが、常にひょうひょうとしている。

まるで荒山神社に吹くさわやかな風のようだった。

宗高が大切に思っている虫の知らせだって、大きく外れてはいない。どちらかといえば当たっている。外れても当たっても、いずれにしてもたいしたことでもないのだけれど。

宗高といると心が柔らかくなり、よく笑っていることに気づき、咲耶はいつしか、この人とずっと一緒にいたいと思うようになったのだった。

「さてと、掃除に戻るか」

宗高がう～んと伸びをした。神主にとって本殿や境内の掃除は日々の大切な仕事である。

数歩進んで、宗高ははっとふり向いた。

「縁側、汚してしまってすまなかったな。せっかくきれいにぞうきんがけしたのに」

「全然。野良猫が足跡を残すことだってあるし。……あら、野良猫と大木屋さんを一緒にしたら悪いかしら」

咲耶がくすっと笑うと、宗高も目を細める。

「……それにしても、咲耶には驚かされたぜ。掃除の真っ最中だろうと家に戻ったら、掃除も洗濯もみなすんでいたんだから。咲耶は家事の達人だな」

しまったと、咲耶は心の中で首をすくめた。

式神使いであることを、咲耶は宗高にも明かしていない。

自分にない力を持つ者を、人は恐れる。

京ではいざ知らず、江戸では陰陽師なんてものは怪しげな妖《あやかし》か、よくて妖術使いの親戚のように思われていた。

金箔《きんぱく》つきのお人好《ひとよ》しで、咲耶のいうことはすべて額面通りに受け取る宗高なら、咲耶が陰陽師で式神使いあることもすんなり受け入れてくれるだろう。

だが、そうなると、宗高に秘密の片棒をかつがせ、口止めを強《し》いることになってしまう。咲耶が陰陽師と知ったら卒倒《そっとう》しそうな、義両親のキヨノと宗元や氏子に気づかれれば、大変な騒ぎになりかねない。

そんなことに宗高を巻きこむのは気の毒で、やはり言わぬが花だった。

「咲耶、ゆっくりでいいぞ。一日は長いんだ」

宗高は屈託《くったく》なくいって、本殿に戻っていく。なんて気のいい人だろうと、咲耶はその後ろ姿をほれぼれと見つめた。

◇◆◇◆

咲耶が式神を使わず、縁側のぞうきんがけをし直したとき、部屋にひらひらと揚羽蝶《あげはちょう》が入ってきた。ぴくりと、咲耶の眉があがる。

「おはようさん。これはまぁ見事に……ぎょうさん洗濯ものが物干し竿にばたばた翻ってあらしゃる。あてはてっきり、空に泳ぐ鯉《こい》のぼりかと。けど皐月《さつき》はまだ先どしたなぁ」

甲高《かんだか》い、ぴんと糸をはったような声が聞こえた。

持ってまわった京言葉。

また来たと、咲耶は小さくため息をつく。

自分に気合いを入れ、ふり向いて蝶を見つめた。

「まあ、遠いとこからわざわざえろうすんません。でも、おはようさんって、もう昼ですさかい、こんにちは、どすわな」

咲耶が答えた瞬間、蝶は光の粒にばらばらにはじけ、しゅるしゅるとまた集まり、人の姿になった。

前髪を左右に大きくふくらませ、頭のてっぺんでまとめ、後ろに長く下げたおすべらかし。白粉《おしろい》で真っ白に塗った顔、額には墨で描かれた丸い眉、実際の唇など無視して小さく紅《べに》で描かれたおちょぼ口。長袴に何枚も単の着物を重ねた上に、藤《ふじ》色の表着《うわぎ》をはおり、平安貴族さながら、すましこんでいる年配の女。

咲耶の実母・豊菊だった。

ときどき、ちらちらと姿がぼけるのは、本物の豊菊は京にいて、この姿は念を飛ばして式神に作らせているからだ。豊菊も式神使いだった。

「いつ見ても、びんぼくさくてはばちょろけ、もっさいところおすなぁ」

豊菊はあたりを見まわし、おもむろに顔をしかめた。

紅をたっぷり塗り、輪郭を小さくとった唇が生き物のように動く。その口から放たれるのは、持ってまわった嫌みと皮肉と決まっている。

今日もいきなり、貧乏くさい、古くさい、野暮《やぼ》くさいの三連発だ。

豊菊は、京の陰陽師一族の筆頭・一条家の娘であることを誇りに思い、華やかな京の都こそ至上のものと思いこんでいる。その日常は、和歌を詠《よ》み、香を楽しみ、琴をかきならし……雑事は使用人にまかせ、式神をちょいちょい操り、優雅そのものだ。

咲耶が雑《ざっ》ぱくな町・江戸に住むことさえ大反対だったのに、町の神社の神主である宗高と夫婦になるなど、豊菊にとっても大番狂わせだった。

祝言をあげたその晩に、今日のようにあらわれて「結ぶ縁があれば、切れるご縁もあるさかいに。なんなら宗高はんをガマガエルに変えてやりまひょか」といい、咲耶を激怒させたが、あれは冗談ではなく豊菊の本心だ。

豊菊にとって、咲耶の宗高への思いなど、知ったことではない。豊菊はことあるごとに、京に戻り、出世しそうな陰陽師を養子に迎え、宮中でのしあがり、一条家を陰陽師の頂点に立たせることこそ、咲耶のなすべきことだと迫り続けている。

実をいえば、豊菊が婿《むこ》養子に迎えた、咲耶の父でもある典明は、人柄はいいのだが、出世はいまひとつで、中堅どころの陰陽師として終わりそうということもあり、近頃は、いっそう、娘の咲耶に望みをかけている。

豊菊が宗高を婿と認めないのは、宗高の母・キヨノが咲耶を嫁と認めないのとそっくり同じ構図で、豊菊もまた、必ず咲耶を不愉快な思いにさせて帰ってゆく。

こんな物騒《ぶっそう》な母を山本家の面々に会わすわけにはいかず、咲耶の両親は京のど田舎に住んでいて江戸にはとても出てこられないと宗高には伝えていた。

「見てましたで。そこの廊下、ぞうきんがけしなはってたな。術を使えばちょちょいのちょいやのに。わざわざぞうきんを絞りはって、わが娘ながら奇特《きとく》なお人や。そろそろ京に戻りたなったんと違いますのんか。おとうはんも寂しがっておすえ。ひとり娘やゆうのに勝手ばかりしなはって」

手を替え品を替え、豊菊は咲耶に京に戻るように迫る。本日は泣き落としというところか。

「何べんもいうてるように、私は宗高さんと一緒になったんです。ここを離れる気ぃはありしまへん。もうほっといておくれやす」

けんもほろろに、咲耶は突き放す。ちょっとの隙《すき》も見逃さず突いてくる豊菊に甘い顔は禁物《きんもつ》だった。

「おうち、正気でいうてはりますのんか。一条家はどうなるんや。あての代でしまいか。平安の時から何百年も続いてきたお家を、おうちの代で絶やすんか」

「おばあさまとおじいさまは、私が元気で楽しく暮らせるなら、家のことなどどうでもええというてくれはりました」

「はぁ⁉　それを額面通りに受け取らはったんどすか」

「守るほどの家やないて」

正確にいえば、さらに、家のことより自分のことを考えなさい、家を守るために自分を偽《いつわ》ることはない、芋がらは食えるが家柄は食えぬとまでいった。

「だいたい、あんな変わりもんのいうこと、聞いてどないする。宮中筆頭陰陽師いう席をほかして京を離れはったとき、宮中のお人から、千年に一度のアホやと笑われたんどすえ。並ぶものがない家柄をあっさり捨てはって、あてが一条家を再興するのがどんだけしんどかったか……」

豊菊は目をむき、こめかみに青筋を立てる。咲耶は苦笑した。

「自分の親やのに。そんなことというてええんですか。私にとっては、おばあさまよりおたあさまのほうが変わりもんに見えますがな」

「その減らず口、いったい誰に似たんか」

「親と反対のことばかりやってきなはった、おたあさまかもしれまへんな」

ぎろりと豊菊が咲耶をにらんだ。

「おうちもたいがいやな。……ま、よろし。そのくらいやないと、伏魔殿《ふくまでん》の宮中をのしあがっていけまへん。咲耶がこっちに戻ってくる日がますます楽しみや。その日までせいぜい、爪を研《と》いでおきなはれ」

といいざま、豊菊はくんくんと鼻を動かした。

「さっきから気になってたんやけど、なんのにおいやろ。獣《けもの》のにおいか？　どぶ臭《くさ》いような何か腐っているような……」

それから豊菊は突然、上等な声で「お客？　九条家《くじょう》？」と叫《さけ》んで、後ろをふり向いた。京の屋敷の奉公人と話をしているようだ。

「摂家《せっけ》の九条家からお使いが見えはった。なんやろ。なんかええ話かもしれん。おうちの縁談やないか。ほなな」

ほくほくとつぶやき、咲耶に向き直ると、すっと姿を消した。

腐ったような、獣のような……。

咲耶もそのにおいには気がついていた。ぞうきんがけをしたときに、強く感じた。長左エ門の足跡のにおいだ。

長左エ門の凶事とは何なのか。ちょっとした商売の行き違いなどであるはずがないという気がした。

◇◆◇◆

午後のお使いの帰りに、咲耶が富沢町に足を運んだのは、やはり大木屋の長左エ門のいう凶事とやらが気にかかっていたからだ。

富沢町は日本橋の魚河岸《うおがし》、神田の野菜市と並ぶ、買い物客《でもの》でにぎわう町で、古着市が開かれていることで知られている。何かいい出物はないかと探しにやってきたのか、若い女房や娘が小さな呉服屋をのぞきながら歩いている。

大木屋は堀留《ほりどめ》に面した間口五間、二階建ての大店だった。立派な切妻瓦葺《きりづまかわらぶき》屋根が目印で、庇の上には、「小間物 大木屋」と彫《ほ》られた大きな横長の看板がかけられている。

扱う小間物は、櫛《くし》・笄《こうがい》・簪《かんざし》などの髪飾り、白粉《おしろい》・紅《べに》などの化粧品をはじめ、箱物、眼鏡《めがね》、刃物、袋物、煙草《たばこ》入れ、根付《ねつけ》など、日用品全般に及ぶ。

咲耶は通りから、さりげなく中を窺《うかが》った。

大木屋の客はもっぱら小売りの商人や棒手《ぼて》ふりの行商人で、こうした客が来るのは朝早くである。昼過ぎの今は暇な時間なのだろうが、それにしてもがら〜んという音が聞こえるほど、大木屋の店内は静かだった。七、八人の奉公人が所在《しょざい》なげに立っている。女物を扱っている華やかさも感じられない。

「さ〜くやさん、こんなとこで何してんの」

後ろから大声で話しかけられて、咲耶はびっくりして飛び上がった。

ふり向くと、ミヤと三吉《さんきち》が立っていた。

ミヤはちょっとツリ気味の大きな目をした年頃の娘で、髪を島田《しまだ》に結《ゆ》い、桜色の地の派手な着物に黄色の帯を結んでいる。三吉は紺の絣《かすり》の着物を着た男の子で、十歳というふれこみだ。

ミヤは大きな目を見開き、招き猫さながら耳の横に軽く握った右手を上げ、手首をちょろりと曲げ、小首をかしげた。

咲耶はあわてて口元に人差し指をあて、もう一方の手でふたりを招いた。

店を窺っているところを長左エ門に見られたら、不審に思われかねない。

「いや……このお店、うちの氏子でね……立派な店構えよね」

「……まあね」

「さぞかし、繁盛しているんでしょうねぇ」

ミヤが目をむいて咲耶を見た。黒目が疑うように細くなっている。

「本気でいってんの？　あたいには不景気風が吹いてるように見えるけど」

「しっ！　聞こえるわよ」

咲耶は目配《めくば》せをしたが、ミヤの口は止まらない。

「だって、ほんとのことだもの。白粉をつけたら顔にできものができたとか、紅をつけたら唇が腫《は》れたとか、刃物を使うと必ず指を切るとか、とにかく悪い噂がいっぱい。大木屋のものを使ったら縁遠くなるって、みんないってるよ」

「みんなって誰だよ」

三吉が制するようにいった。卵のようなつるりとした顔に、はしこそうな大きな目が輝いている。

「えっと、誰だっけな……とにかく、だから客がいないんでしょ。前はお客でいっぱいだったのに」

ミヤと三吉は荒山神社の敷地に立つ長屋の住人だ。長屋と、宗高と咲耶の住まいを仕切るのは板塀《いたべい》だけで、ふたりはしょっちゅう遊びにやってくる。

そして、ミヤと三吉は人ではなかった。

ミヤは化《ば》け猫《ねこ》、三吉は三《み》つ目《め》小僧《こぞう》という妖《あやかし》である。

人は気づいていないが、今や江戸のあちこちに妖が棲《す》みつき、人と共に生きている。

ミヤと三吉は姉弟として長屋に住み、ミヤは表長屋の居酒屋《マスや》の看板娘として働いている。三吉は手習いに通うかたわら、一日おきに両国広小路《りょうごくひろこうじ》の代書屋《だいしょや》で手紙の配達をしたりして小銭をもらっている。

そのとき大木屋にひとりの男が入っていった。と思いきや、粘っこい声が中から聞こえた。

「約束と違うんだよ、届いた品物が」

声ににじんだ剣呑《けんのん》さに、通りを行く人が足を止める。

「ちょっとお待ちくださいませ」

店の中がざわめき、しばらくして番頭《ばんとう》らしき、年配の男の声が聞こえた。

「しかし、帳面には銀の簪二本、紅五個と、これ、このように。ご覧ください、受け取りもちゃんといただいております……」

「おいらが頼んだのは、銀の簪十本と紅五個だ」

「お届けしたとき、中身を改めていただいたはずですが」

「形ばかりな。いつものことじゃねえか」

「そう申されましても……」

「客からは銀の簪十本の注文を受けていたんだ。今さっき客が受け取りに来て、品物を確かめたら、簪は二本しかねえ。客は怒って他の店に行っちまった。そっちの不手際《ふてぎわ》で、もうけ損なって、お得意様を他の店に奪われて……うちの店をつぶす気かい」

江戸の人は物見高い。なんだ何事だと、あっという間に大木屋の前に人だかりができた。

「あらら。いちゃもんつけて、ごね得を狙う客まであらわれちまった。この店の屋台骨、傾きかけているんじゃないの？」

　ミヤが足を肩幅に開き、腕を組んだ。年頃の娘とは思えぬ、おっさんくさい仕《し》草《ぐさ》である。

「こんなことが起きるようじゃ、大木屋さんも……」

「他にも小間物問屋はあるんだ。わざわざ大木屋のものを買う気がしないよ」

　客の横暴に眉をひそめつつも、店を取り巻いている人は口々につぶやく。

「験《げん》が悪いよ、この店は。行こう、三吉」

　ミヤは言い捨てると、きびすを返した。

　大木屋の厄はなかなか手強《てごわ》そうだと、咲耶は口元を引き締めた。


　翌朝、咲耶はお日様が昇るのを待たずに起きた。

　朝露《あさつゆ》を抱く榊《さかき》の枝を切り、玉串《たまぐし》の準備をした。半紙を折り、玉串につける紙垂《しで》も作る。宗高も早々に境内の掃除をすませ、本殿には炊きたてのご飯、酒、塩、水を供えた。

　長左エ門は朝五ツきっかりに紋付き姿でやってきた。

　烏帽子《えぼし》に狩衣《かりぎぬ》姿の宗高と、額当《ひたいあて》をつけ、表衣《ひょうい》をはおった咲耶がにこやかに迎える。

すぐに拝殿で宗高が祝詞《のりと》を奏上。続いて咲耶が神楽《かぐら》を舞い、神楽鈴をふる。神楽鈴には一本の棒に小さな鈴が十五個つけてあり、しゃらしゃらと光が舞い踊るようなその音色には邪を祓う力がある。長左エ門が玉串を神前に奉《たてまつ》り、二礼二拍手一礼の拝礼をして、祈禱は終了した。

「心ばかりですが、お納めください」

長左エ門は懐《ふところ》からうやうやしくのし袋を取り出した。

「ありがとうございます。……あの、ご気分が悪いのでは……」

宗高がそういったのは、長左エ門が眉間《みけん》にシワをよせ、肩で息をしていたからだ。

「……今日は蒸し暑くて、かないませんな」

手ぬぐいで額の汗をふきながら、長左エ門は幾分投げやりにいった。確かに蒸し暑いが、汗ばむほどではない。

商売があるからと、お茶も飲まずに長左エ門は、そそくさと帰っていった。

咲耶は長左エ門の姿が消えてからも、鳥居の先から目を離すことができなかった。

鳥居をくぐって外に出たとたん、黒いもやのようなものが長左エ門にまとわりつき、包みこんだ。

はらりと音がしてふり返ると、拝殿の入り口に渡したしめ縄に挟みこんでいた紙垂が一枚、落ちていた。

◇◆◇◆

大木屋がその後どうなっているか気にはなったが、のんびりした日が続いた。

そして四日ばかりたった昼過ぎ、ミヤと三吉がやってきた。

「昨日のぼやのこと、知ってる？」

すすめられもしないのに、ミヤは縁側にちゃっかり腰をかけて、足をぶらぶらさせている。ミヤがすぐそばに立てかけられた長い梯子《はしご》を蹴っ飛ばしはしないか、咲耶はひやひやした。

「これ、どうしたの？」

三吉が梯子に手をかけたとき、屋根の上から宗高の声が降ってきた。

「そういえば、夕方、半鐘《はんしよう》が鳴っていたな。すぐやんだみたいだったが」

宗高が梯子を下りてくる。腰に道具袋をぶら下げていた。

あとふた月もすれば、梅雨《つゆ》がはじまる。いつ雨漏《あまも》りしても不思議ではない古い家なので、今日は思い立って、屋根に上がり、傷《いた》んでいるところがないか、宗高に点検してもらっていた次第だった。荒山神社では境内や拝殿の修繕などたいていのことは神主自《みずか》ら手がけねばならず、宗高は大工仕事も器用にこなす。

梯子の二段上からすとんと飛び下りて、宗高は「元気そうだな」といいながら、三吉の頭をなでた。三吉がくすぐったそうな顔になる。

「で、どこが火を出したって？」

「大木屋！」

ミヤが投げ出すようにいった。

厄除け祈願をしたばかりなのにと、咲耶と宗高は顔を見合わせた。

長左エ門はのし袋に一両包んでいた。お礼の多寡《たか》で祈禱に差をつけるわけではないが、法外《ほうがい》とまではいかないけれども、長左エ門はかなり奮発《ふんぱつ》したことになる。それがこんなわずかの間に、ぼやが出るなんて、間《ま》が悪いとしかいいようがない。

「土蔵から火が出たみたいです。火の気がなかったはずなのに。奉公人が総がかりで水をかけ、火消しが来る前に消したって」

三吉が補足するように付け加えた。

いいたくはなかったが、大木屋の主の祈禱を行なったばかりだと咲耶が打ち明けると、ミヤの目が輝いた。

「祈禱のおかげで、大火事になるところが、ぼやで収まったのか。祈禱が届かず、ぼやが出たのか。さぁ、どっちでしょう、どっちどっち？」

明らかにおもしろがっている。

「大事にはいたらなかったのは、不幸中の幸いだよ」

ミヤの口を封じるように三吉がぴしゃりという。

宗高は顎《あご》に手をあて、う～むとうなった。

「しかし、なんで土蔵が燃えたんだ？　火の気がなければ火なんて出ないだろうに、どういうわけだ？」

確かに宗高の言う通りだ。

「……火の不始末か？　土蔵で火を使うことなんてあるか？　煙草？　なにも土蔵までいかずとも煙草をのむことなどできように……それとも何者かが火をつけた？　火付け犯は火あぶりと決まっているのに命がけで土蔵に火をつけるか？

そこまであんぽんたんなやつがいるか？」

三吉はこれから大木屋に行くという。

大木屋の孫娘の寿々《すず》と三吉は手習い所が一緒だった。ここ三日ほど手習い所を休んでいる寿々に、火事見舞いも兼ねて励ましの文《ふみ》を届けてほしいと師匠から頼まれたらしい。

宗高は道具袋を腰から外し、咲耶にいう。

「私たちも火事見舞いに行かねばなるまい」

途中で菓子を買い求め、みなで大木屋に向かった。

大木屋の前に立つと、ものが焼けたにおいがした。

店から奥に抜けると、臭《にお》いは一層きつくなった。さまざまなものが焼けた臭いと、それが水に濡れた粘《ねば》っこい臭いが入り混じり、鼻にはりつく。

築庭《ちくてい》との間に二つ並んだ蔵の白壁が煤《すす》で黒く汚れていた。その手前の蔵の壁が、ひどく焼けただれている。臭いはそこから立ちのぼっていた。

ぼやを出した跡だとすぐわかった。

「鼻がもげそうっ！」

ミヤは盛大に顔をしかめ、鼻をつまんだ。ミヤ曰《いわ》く、人の鼻などただついているだけの代物《しろもの》で、人が臭く感じるものは、化け猫にとっては容赦《ようしゃ》なく攻撃をくりかえす敵に近いのだそうだ。

「……目までちかちかしてきた」

咲耶が差し出した手巾をミヤはひったくるようにとり、鼻と口をふさぐと、三吉をうながし、早々に寿々の部屋に向かった。

しばらくして戻ってきたふたりは、座敷で長左エ門を待つ咲耶たちの後ろに座った。

「まだ誰も出てこないの？」

咲耶がミヤにうなずく。

「こんなに待たせるなんて、いくら大店の主でも、見舞いに来た客に失礼じゃない？　それとも嫌がらせ？」

「見舞い客は私たちだけじゃないかもしれないし……」

ミヤが目を丸くして、咲耶を見つめる。

「あたしたちが座敷に通されたってことは、客は他にいないってことじゃない？咲耶さん、そんなこともわかんないの？」

そういうことにして取りつくろうのが人というものなのだと、ミヤにいって聞かせても無駄である。

三吉がちっと舌打ちをした。

「姉ちゃん、行儀よくしてくれよ」

「してるじゃない。もしかして、あたしにけんか売ってる?」

「売ってないよ、そんなもん。……静かにしてくれって。咲耶さんたちが困るだろ」

「売ってないんだったら、許したげる。……あんた、桜紙《さくらがみ》持ってる?」

三吉が臭い顔で桜紙を差し出すと、ミヤは音をたてて鼻をかんだ。

「鼻水が止まりゃしない……臭くて痛くて鼻がバカになってきた……」

四半刻(約三十分)が過ぎたころ、長左エ門はようやく姿をあらわした。右足を少し引きずっていた。

宗高が火事見舞いの口上を述《の》べ、咲耶が菓子包みを差し出したが、長左エ門は顔をこわばらせたままひとこともない。

「わざわざお出かけいただいて……恐れ入ります」

内儀《おかみ》が気を遣って、長左エ門の代わりに頭を下げた。

長左エ門は宗高と目を合わすことなく、揶揄《やゆ》するように薄く笑った。

「ぼやは煙草の火の不始末が原因だと町火消しと同心《どうしん》はいうんですが、うちの奉公人に煙草のみはおりませんで……」

口角《こうかく》をぐっと下げ、ゆっくり首を横にふる。

「火は出る、私は転んで足首を痛める、番頭は顔を毒虫にかまれる、寿々の熱はひかない、小売りの店が二軒夜逃げして掛け取り代金がふいになる……ご祈禱をしていただきましたのに、凶事はやまないどころか、ひどくなるばかりでして……はてさて、神様に願いをお聞き届けいただいたのやら……」

「あらま、そんなに？」

ミヤが素《す》っ頓狂《とんきょう》な声で叫び、座布団の上でぴょんと飛び上がった。

咲耶はあわててミヤの膝《ひざ》をぱしっと叩《たた》いた。人はいくら驚いても、長左エ門をあおるような、そんなふるまいはしない。

だがミヤは、むっとした顔で咲耶の膝を思いきりびしっと叩き返し、しゃらっと続ける。

「凶事の数珠《じゅず》つなぎかぁ！」

あ～ぁと咲耶は胸の中でため息をついた。

火に油をそそがずにいられないのが、化け猫のミヤだ。いずれにしても声に出してからではもう遅い。

長左エ門は忌々《いまいま》しげに顔をゆがめた。

「霊験《れいげん》あらたかが聞いてあきれますな」

「……確かにこれは、神様が望まれたこととも思えません」

ゆったりと宗高があいづちをうつ。

「祈禱をした本人が他人《ひと》ごとのように……荒山神社の神主は代々ぼんくらだという噂が、またもや流れるやもしれませんな」

長左エ門は宗高をにらみ、なぶるようにいう。その噂を流すのは長左エ門ということか。

咲耶は唇をかんだ。宗高を見くびるなと心の中でつぶやく。

他の神主に比べて、とりわけ優《すぐ》れてもいないが、劣《おと》っているわけでもない。宗高の力はごく普通かもしれないが、人の気持ちに寄り添うことに関しては並ぶ者はいない。ぼんくらといわれる筋合いはない。

ご祈禱したのにこのざまだという長左エ門の気持ちもわからないわけではないが、こうなったのには何か理由がある気もする。

このまま大木屋にとどまっていても、長左エ門をかっかさせるばかりだった。

「宗高さん、失礼いたしましょう」

咲耶はみなを促した。

座敷を出ながら、火事の臭いだけでなく、いやな臭いが強くなったことに咲耶は気がついた。

長左エ門の足跡から出ていたあの臭いだ。何かが腐ったような、生臭い……。

目に見えない何かが家の中をせわしなく動きまわっている気配もする。

臭いを発しているのは、その何かだった。

「わざわざおいでいただいたのに……申し訳ありませんでした」

店の外まで見送りに出た内儀は、宗高と咲耶に頭を下げた。正月に初詣に来たときにはごま塩だった頭が、数か月の間に、すっかり白髪《しらが》に変わっている。

「前はあんな不作法なことをいう人ではなかったんです……すっかり人が変わってしまって……」

内儀は唇をかんだ。

「何をやってもうまくいっていた時期もあったものですから……もう一度と思っているのでしょうが……」

目元のシワも深くなり、背中も丸くなっている。内儀は十《とお》も老《ふ》けたように見えた。

「……商売商売と飛びまわり、食事や眠る時間さえもったいながって、口を開けば倹約倹約、奉公人は甘やかすなと、とことん働かせて……。もうかれば自分のおかげ、そうでなければ奉公人や取り引き相手が悪いと責めたてる。……主がそれでは、商いだってうまくいくわけがなかったんですよ。……納めたものに不備があったり、客とのいざこざが相次いだり、やることなすこと裏目に出るのも、奉公人が悪いわけではありません。年中がみがみ怒鳴られ、割当ての売り上げに届かなければきつく追い詰められ……みな、すくみあがっているんです」

　何軒もの取り引き相手が夜逃げしたのも、長左エ門が取り立てを厳しく迫ったからかもしれないと、内儀は目がしらを押さえる。

「少し支払いを待ってやればなんとか続けられた店だってあったのに。そんなやり方を目《ま》の当たりにして、他の取り引き相手も次々に離れていってしまいました。……嫌気がさして当たり前です。小間物問屋はうちだけじゃありませんもの。もっと気持ちよく商いできる問屋と取り引きすればいいんですから。……息子は、あの人の後始末で、あちこちにさんざん、頭を下げ続けてきたんです。……よけいなことをするなとあの人から殴られても。……私もたまりかねて口を出したこともありましたが、女が意見するとは何事だと頰《ほお》をはられ……息子も孫も女房も、どうだっていいんです。かわいいのは自分と店だけで」

　今回の火事でまた、奉公人が数人やめてしまったと内儀は深いため息をついた。

「玉串料をはずんで、ご祈禱をしていただいたところで、あの人はずっと神社に寄りつかなかった不信心者。すぐに神様に願いをお聞き届けいただこうなんて、虫がよすぎる話です。そんなことも思いつかないなんて……どうぞ堪忍《かんにん》してくださいね」

　内儀は疲れた表情で何度も頭を下げた。

「お寿々ちゃん、恐いものが家の中にいるっていってたよ」

　帰り道、三吉が咲耶に耳打ちした。

　宗高は先を歩いていた。町の人が宗高に会釈《えしやく》するたびに、宗高は律儀《りちぎ》に足をとめていちいちお辞儀《じぎ》を返すので、なかなか前に進まない。

　ミヤはといえば、通りかかった棒手ふりの魚屋の桶の中の鯛《たい》に目を奪《うば》われ、あとを追いかけて行ってしまった。

「何かが歩きまわっていたよね。三吉も気がついた？」

「うん。いやな臭いがするやつ……」

「……幼い子は大人《おとな》には見えないものが見えたりするから。お寿々ちゃんが熱を出したのもそのせいかも……」

咲耶は三吉にうなずいた。

ミヤと三吉は、出会ってすぐに、妖ならではの勘の良さで、咲耶が式神の使い手で、蔦の葉の妖の血をひいていることを見破った。固く口止めしているので、三吉はもちろんミヤも自分たちの正体《しょうたい》と咲耶の力のことだけは他言《たごん》しない。

咲耶にとってふたりは、気を許せる仲間でもあった。

「……長左エ門さんも臭っていたでしょ」

三吉は子どものなりをしているが、実際の年齢は見当《けんとう》もつかない。頭が切れ、知識も豊富で、ミヤの百倍くらい思慮《しりょ》深い。

「うん。長左エ門さんも臭ってた。……悪いものが長左エ門さんにとり憑《つ》いてるのかな?」

「祈禱で長左エ門さんが祓いたかったのは、あれだったのかしら……」

三吉は顎に手をやった。

「もしそうだとしたら、宗高さんの祈禱では祓えなかったってことだよね。……

祈禱なんかしやがってって、そいつは怒り狂っているだろうな。祓われちまったら棲み処《か》を追われるか、そいつそのものが消えちまうかもしれねえんだから」

「それ怒ったら、長左エ門さんが大事にしているお寿々ちゃんにとり憑いたり、ぼやを出したりする？」

「そのくらいやるよ。二度と祓ったりするな、ひどい目に遭《あ》わせてやるぞって……」

三吉が顔を上げた。

「……妖よね」

渋い顔で三吉が咲耶にうなずく。

「それにしてもなんで祈禱で祓えなかったんだろう。あれで宗高さんの祈禱はなかなかのものなのに」

あれではよけいだと思いつつ、咲耶も同感だった。

「なんでだろう……」

咲耶は考えれば考えるほど、わからなくなった。

妖とひとことでいっても、性分《しょうぶん》はさまざまだ。するっと人の間に入り、穏やかに暮らすミヤや三吉のようなものもいれば、人に悪さを働くものもいる。

祈禱した日、鳥居を出たところで、長左エ門が黒いもやのようなものにまとわりつかれたのを咲耶は見た。

鳥居は、そこが聖域であることを示すもので、ミヤや三吉は出入り自由だが、人に仇《あだ》なすような妖は、結界でも張らない限り、鳥居にきっぱりと阻まれる。

黒いもやがその妖だとしたら、祈禱が神様に届かなかったということになる。

「妖の正体がわかれば、打つ手もわかるのに」

「いずれにしても相当手強いやつだと思うな」

三吉は低い声でいった。


「大木屋さんのことだがな」

帰宅してからもずっと宗高は考えていたらしい。その夜、お膳の前に座ると、宗高はおもむろに話しはじめた。

「祈禱をした私に長左エ門さんが腹を立てて当たり前なくらい、大木屋さんでは凶事が続いている……でも、厄除けのご祈禱をちゃんと行なった。よな？」

「はい。心をこめて」

「だが、もしかして、長左エ門さん本人が心の奥底では願っていなかったとしたら……」

　咲耶は眉をよせた。

「長左エ門さんが祈禱を行ないたいと実は思っていなかったということですか？　祈禱を頼んでおきながら」

「もしもの話だ」

「ご本人がそれでは祈禱は成り立ちません……凶事は続きます」

「その通り！　祈禱は成り立たない」

　宗高は膝を叩いた。ふっと息をはき、続ける。

「しかし、祈禱を頼み、一両も包んでおいて、厄を祓いたいと思ってなかったなんてこと、普通はないよな」

「ですよね」

「だがもし、祈禱を阻もうとしていたものがいたとしたら？　祈禱を頼みに来た日、長左エ門さん、つまずいて転びそうになったといってただろ」

「長左エ門さんの祈禱を邪魔する何かがいた……」

　宗高がうなずいた。

　咲耶は、床板に残る長左エ門の足跡から例の臭いが立ち上がっていたことを思い出した。鳥居を出たとたん、黒いもやのようなものが長左エ門にまとわりついたことも。

祈禱の後で、紙垂《しで》が一枚落ちたときのことも鮮明によみがえった。紙垂は雷光《らいこう》を意味し、邪悪なものを拒むものだ。紙垂のついたしめ縄は聖域を表わす印でもある。紙垂が落ちたということは、何らかの邪悪な力により聖域を包む結界が破れたということを意味する。

であるとしたら、なぜ、鳥居の中に、結界を破るようなものが入りこめたのだろう。

悪いものが長左エ門さんに入りこんでいるとしたら——

三吉が今日、そういっていた。

妖が長左エ門の中に巣食っているなら、長左エ門の体が結界の役割を果たし、鳥居をすり抜けられる。

長左エ門に巣食っていたのは、妖の一部。鳥居の外で待っていたのはその妖の本体とは考えられないか。

「長左エ門さんはこれ以上、凶事が起こらないように願ったとは思うんだ。でも私たちが本当にやらなくてはならなかったのは、凶事を引き起こしている何かを祓うってことだったんじゃないのか……」

宗高が淡々《たんたん》といい、鼻の脇をかいた。

「ま……私がぼんくらで、力足らずなのかもしれないが」

宗高がほんのちょっと口をとがらせる。

「そんな……ぼんくらなんかじゃ……」

「いいんだ。咲耶。……幼いころから、ぼんくらといわれるのは慣れている」

それから宗高は勢いよく飯をかきこんだ。

宗高にしては珍しく、少しばかり根に持っているようだった。

◇◆◇◆

大木屋のことは気になったが、日々は続く。

その日、宗高は地鎮祭《じちんさい》をふたつ掛け持ちで、朝から不在だった。

昼過ぎに、ミヤと三吉が例によって庭からやってきた。

「さ〜くやさ〜ん。いる？　宗高さんは？」

宗高が出かけているというと、ミヤはいつも通り縁側に腰をかけ、ふんふんとうなずいた。

「そりゃ、結構。少しは宗高さんも稼《かせ》がなくちゃ。こんなちっぽけな神社じゃ氏子の寄進《きしん》もたいしたことないし、賽銭《さいせん》もあてにはならないもんね」

よけいなお世話だと咲耶がいう間もなく、ミヤは続ける。

「そんなことよりとんでもないことが起きてんの。……三吉、話してやって」

咲耶は三吉にミヤの隣に座るように目で促した。三吉は咲耶に礼儀正しく頭を下げ、とつとつと話しはじめた。

大木屋の孫娘・寿々のことだった。あれからも毎日、手習いの師匠にいわれ、三吉は大木屋に通っていたという。

「では、今日、行ったら……」

「行ったら？」

「お寿々ちゃんが……」

「お寿々ちゃんが？」

せっかちなミヤが、いちいちおうむ返しにする。

「あの……」

「う～～、いらいらする。三吉、さっさと先をいいなさいよ。あんたが咲耶さんに教えなきゃっていうから、ついてきてやってんのに」

ミヤはそういうなり、三吉に強烈な肘鉄《ひじてつ》をくらわした。三吉は脇の痛みに顔をゆがめる。

「何いってんだよ。勝手についてきたくせに……いちいちうっさいんだよ、化け猫」

「はぁ？　三つ目のちびがえらっそうに」

咲耶はあわててふたりの間に入った。ミヤと三吉は普段は仲がよいのだが、性格は真逆で、ときに角《つの》を突《つ》き合わせる。どちらもへそを曲げると、すねたりふてくされたりが長く続く。

人同様、妖の扱いにも気を遣うと心の中でつぶやきながら、咲耶は三吉の肩を抱いた。

「三ちゃん、教えてくれるかな、お寿々ちゃんのこと」

三吉が訪ねていくと、床についていた寿々はむくっと上半身を起こし、首をまわして、三吉をにらんだという。

「……目が、夜の猫のように光ったんだよ」

なんとか機嫌を直した三吉が一気にいった。

ミヤがこれだというように、自分の大きな目を人差し指でさしている。

「そして、おまえは妖だな。出ていけ！と吠《ほ》えたんだ！」

まるで獣のうなり声のようだった。つりあがった目はらんらんと光り、唇は真《ま》っ赤《か》、髪もさかだっていたらしい。

寿々の豹変《ひょうへん》ぶりに、母親はもちろん、祖母も女中も仰天《ぎょうてん》してふるえあがった。すぐに医者が呼ばれた。

「医者は、お寿々ちゃんを見るなり、腰を抜かして、狐か犬か、化け猫がとり憑いたとしか思えない。私の手には負えませんと逃げ帰っちゃって」

「化け猫って……藪《やぶ》医者がいい加減なことを。そんな娘にとり憑く猫なんているもんか。いない。いや、いる？　いるとしたら、よほど脳タリンの化け猫よ。なんの得にもならないのに」

ミヤがぶつぶつつぶやく。

そのときだった。ごめんくださいという声がして、年配の男が庭に顔を出した。

「こちらから声が聞こえたものですから……私、大木屋の番頭でございます」

右の目の上がぶくっとふくれ、紫《むらさき》色になっている。番頭が毒虫にかまれたと、長左エ門がいっていたことを思い出した。あれから十日以上たっている。

いまだに腫れがひいていないのかと咲耶はぞっとした。尋常な毒虫ではない。

「宗高さまはいらっしゃいますでしょうか？　当家においでいただきたく、お迎えに参った次第でございますが……」

「あいにく旦那《だんな》様は出かけておりまして、まもなく戻るとは思うのですが……」

「……実はお寿々さまが……」

「たった今、三ちゃんから聞きました。何かにとり憑かれたとか……」

「へぇ。おそろしいような声で叫び続けられていて……医者も匙《さじ》を投げてしまいまして……すぐにお祓いをお願いいたしたく……」

番頭は青ざめた顔で、唇をふるわせた。

「旦那様には伝言を残しましょう。私だけでも先に参ります……多少なりとも巫女の修行をしておりますので」

とり憑いたものは早めに祓わなければならない。祓うのが遅れれば、寿々の身体と心がむしばまれてしまいかねない。

咲耶は宗高宛の置き手紙をしたため、神楽鈴や玉串などを手早く風呂敷に包み、三吉、ミヤとともに大木屋に急いだ。

「また来たか。妖！　性懲《しょうこ》りもなく」

小さな女の子から、野太い声が発せられるのは、たいそう気味が悪く、さすがの咲耶も肝《きも》が冷えた。

寿々の枕元には両親と祖母がそろっていて、暴れようとする寿々の身体を必死に押さえこんでいる。祖父の長左エ門の姿は見あたらない。

「微力ではございますが、お祓いをさせていただいて、よろしゅうございますか」

「ぜひ、お願いいたします」

両親と祖母は、そろって首を縦《たて》にふった。

咲耶は皿に塩を盛り、湯呑みには水と酒を入れ、寿々の枕元に置き、神楽鈴をふった。シャラララと清らかな音が部屋に響き渡る。

咲耶は祝詞ではなく、陰陽道の呪文《じゅもん》を口ずさんだ。

『青龍《せいりゅう》・白虎《びゃっこ》・朱雀《すざく》・玄武《げんぶ》・勾陳《こうちん》・帝台《ていたい》・文王《ぶんおう》・三台《さんたい》・玉女《ぎょくにょ》』

念をこめてつぶやきながら、神楽鈴で空中に四縦五横《しじゅうごおう》の格子《こうし》を描く。本来、陰陽師は刀に見立てた人差し指と中指の二本で格子を描くのだが、鈴でも事は足りる。

しゃらしゃらと鈴の音が響き渡り、清らかな光が寿々を包んでいくのを咲耶は感じた。

さらに「即座に魔物よ立ち去れ。神の軍団がここを取り囲んでいる」と強く念じた。

と、寿々が胸を押さえた。二つに折れるように前に倒れこみ、激しく咳《せ》きこむ。

ばしんとふすまが乱暴に開き、長左エ門が部屋にのりこんできたのはそのときだ。長左エ門の血相《けっそう》が変わっていた。

「何をしている。おまえはだれだ。なぜこの家に入ってきた」

咲耶を指さす長左エ門の目が引きつっている。

寿々にとり憑いたものが、長左エ門にもとり憑いているとひと目でわかった。いや、もともと長左エ門にとり憑いていたものが、幼く勘の鋭《するど》い寿々に魔の手を伸ばしたのだ。

「荒山神社の咲耶さんとお寿々のお友だちの三吉ちゃんたちですよ」

「こいつらをなぜ、家に上げた？」

「お寿々のお見舞いにいらしてくださったんですよ。そしてお祓いをしてくださって」

古女房が長左エ門をなだめるようにいう。声がふるえているのは、長左エ門の様子が尋常ではないからだ。

この間も、寿々は身体を丸めて咳きこんでいる。母親が心配そうに背中をさすっていた。ただ咳きこんでいるように見えてはいるが、咲耶やミヤ、三吉の目には、寿々の口からは黒く臭いものがにゅるにゅるとはき出されているのがはっきりと見える。

咲耶の祈禱によって、寿々にとり憑いたものが身体から離れようとしていた。

「こいつらを追い払え！　追い出してくれる！」

長左エ門は口から泡を飛ばしながらいい、咲耶に向かってきた。

「おまえさま、落ち着いて」

「おとっつぁん、やめてください」

古女房と息子が長左エ門を制しようとその身体にすがる。しかし、長左エ門を止めることはできなかった。

「どけ！」

長左エ門はふたりをどつき倒し、両手を広げ咲耶につかみかかろうとした。

だがその手がすっと空《くう》を切った。

ミヤが長左エ門の足をさりげなく払っていた。長左エ門はつんのめってゆっくりと倒れる。

その瞬間、咲耶は見た。

長左エ門の肩に妖《あやかし》がのっていた。

鼠《ねずみ》色の妖だ。とがっている牙《きば》、口の裂《さ》けたもぐらのような姿……。

「ゲドウだ！」

「うっひゃあ、よりによって」

三吉とミヤが顔をゆがめ、あとずさる。たいていのことには動じない妖のふたりが、その妖を見て逃げ腰になっている。

はて、ゲドウとはどんな妖だったか。咲耶は必死に思い巡らせた。

そして思いあたった。

ゲドウは家に憑き、家と人に仇《あだ》なす妖怪だ。ゲドウを見ることができるのは、その家の主だけ。他の家族がその存在に気づくことはない。

頭を打ったわけではないのに、長左エ門はぴくりとも動かない。

ゲドウは意識を失った長左エ門の背中の上でケケケと笑うと、ぴょんと飛び下り、奥に走っていく。

「追いかけて！」

咲耶はミヤと三吉に低い声でいった。ミヤは顔をしかめ、鼻にシワを寄せる。

「え〜〜〜っ、いやなんだけど」

「放っておけないでしょ！」

「行こう、ミヤ」

三吉に手をひかれ、ミヤも渋々部屋から飛び出していった。

寿々はまだ黒いものをはき続けている。やがて崩れるように倒れた。

「お寿々！　しっかり」

「眠い……」

それっきり寿々は目を閉じた。妖にとり憑かれ、妖をはき出し、小さな身体はすっかり精気を失っている。眠ることが肝要《かんよう》だと身体が求めるまま、こんこんと眠りはじめた。

倒れた長左エ門も奥に運ばれ、再び、あわただしく医者が呼ばれた。

寿々の異変を目《ま》の当たりにして先ほど逃げ帰った医者だという。

部屋に入ってくるときからびくびくしていた医者は、長左エ門を診《み》るには診たが、今はできることはない、目を覚ましたらもう一度呼んでくれといって、やはり逃げ帰っていった。

「できましたら、うちの人も祓っていただけますまいか」

廊下で所在《しょざい》なげに立っていた咲耶に、長左エ門の女房が頭を下げた。

「わかりました……やってみます」

寿々のときのようにうまくいくとは限らない。長左エ門とゲドウの関わりは深く強い。咲耶は額当てをしめ直した。

神楽鈴をふり、寿々の時と同様に文言を唱え、四縦五横の格子を描き、魔物が立ち去るように強く念じた。

鈴をふり続けていると、長左エ門の声が咲耶の胸に聞こえはじめた。

『どうしてこうなったのか。こんなはずではなかった。……ああ、あれから十年の月日がたったというのに。……いったいこの十年という月日はなんだったのか。私もあの男のような運命をたどるのか……』

「十年……十年前に何があったんですか……」

思いきって咲耶は長左エ門の心に話しかけた。長左エ門のまぶたの下の眼球が左右にせわしなく動く。

『誰だ、私に話しかけるのは……空耳《そらみみ》か？　まあいい……』

一つ息を吐いて、咲耶の胸に響く声はゆっくりと話をはじめた。

十年前のある晩、長左エ門は川べりの道をひとりで歩いていた。

同業者との会合で少し酒も入っていたが、夜風に吹かれながら帰ろうと、駕籠《かご》を断ったのだった。

ふと誰かに名を呼ばれた気がしてふり向くと、土手の柳の下に財布が落ちていた。提灯《ちょうちん》のわずかな灯《あか》りしかなかったのに、長左エ門はひと目で高価な財布だとわかった。

財布を落とすなんて、さぞや困っているだろう。すぐに番屋に届けてやろうと手に取ったとたん、長左エ門の気持ちが変わった。財布を自分のものにしたくなった。誰にも渡したくなくなった。

長左エ門はそれまで人のものに手をつけたことなど一度たりともない。なのに、財布を自分のものにしたいという強烈な欲が心の中にうずまき、抗《あらが》う術《すべ》はなかった。

財布が長左エ門を呼んでいたようだった。

手に取ると、満ち足りた思いが身体の隅々まで広がった。ほしかったのはこれだと思えた。

中身を検《あらた》めると、びた一文、入っていない。

金の代わりに、中にはあれがいた。二つの目が長左エ門をじっと見据えていた。

この財布にとり憑いた妖だと、長左エ門はすぐにわかった。

驚きはしなかった。長左エ門の頭の中には、すでにその声が聞こえていた。

「次の持ち主はおまえだ。前の持ち主はもうこの財布を使うことはない。おまえが持ち去ったところで誰も損はしないし、とがめだてもしない。ただ今から、大木屋の主・長左エ門のものだ」

財布に棲む妖は、長左エ門の名前をいいあてた。

こうして長左エ門は財布の持ち主になった。

猫ばばしたという罪悪感はまるでなかった。財布が長左エ門を選んだのだから。

家に戻り、部屋で財布をそっと取り出すと、あれが中から出てきた。

ねずみを大きくしたような、もぐらのような。

本来なら財布に入りきるはずのないものが、あらわれた。

妖はうるうるとした、つぶらな瞳をしていた。

「この財布は決して捨ててはならないよ。もう拾《ひろ》ったのだから。捨てればおまえの店はつぶれちまうよ。おいらの言う通りにすれば、すべてうまくいくよ」

あれは長左エ門をまっすぐに見つめ、澄んだ声でいった。

言葉が、長左エ門の胸にしみいるように広がっていく。

そうだ、そうしよう。言う通りに——長左エ門は、心が久々に浮き立ち、力がみなぎってくるのを感じた。

ちょうどそのころ、大木屋の商売は行き詰まっていた。

商売敵《がたき》が無理な値引きをして、客をかっさらっていったためだった。借金がみるみる増え、にっちもさっちもいかない。

どうすれば商いを巻き返せるのか。気がおかしくなりそうなほど、長左エ門は悩んでいた。

だが財布を拾ってからは、おもしろいようにもうかりはじめた。

客は戻り、店が人でにぎわった。なんでもいいほうに進んでいく。

妖の言う通りにさえすれば。

借金は消え、蓄《たくわ》えもでき、長左エ門にとって、わが世の春だった。

財布を拾って三年後、商いを広げるために隣の家屋敷を、思いきって買い取ることになった。長い間、売りに出されていたにもかかわらず、ずっと買い手が見つからなかった家屋敷だった。

もともとその家は中堅どころの廻船問屋だった。

順調に商いを伸ばし、一時は飛ぶ鳥を落とすような勢いで、主一家は豪奢《ごうしゃ》な暮らしを続けていた。

だがある年、船が一隻沈み、大きな損失が出た。翌年、今度は荷を積んだ船が二隻続けて嵐に遭《あ》い、海の藻屑《もくず》となった。

必死に金策に走りまわっていた主はその秋、大川《おおかわ》に浮かんだ。

商いが立ちゆかなくなり、主が死んだ店など験《げん》が悪い。ずっと売れずにいたのが、長左エ門にとっては幸いだった。

だが、家屋敷の代金を支払いに、隣の妻女が隠居した向島《むこうじま》のわび住まいに赴《おもむ》いた長左エ門は、ぞっと身がふるえる思いをすることになった。

「その財布、どこで手に入れなすった？　亡くなった亭主のものとそっくりだ。なぜそちらさまがお持ちなのか」

女房は財布と長左エ門を、底光りするような目で見たのだ。

思い起こせば、廻船問屋の亭主が大川から引き揚げられたのは、長左エ門が財布を拾った次の日だった。戸板にのせられ、むしろをかけられた男が隣の家に戻ってきたのを長左エ門は見ていた。戸板から白い腕が力なくだらりと垂れていたのを今も憶《おぼ》えている。

隣のよしみで、長左エ門は通夜にも葬式にも行った。あれほどの商いをしていたのに、訪れる人も少ない、寂しい葬式だった。

答えを迫る女房に、長左エ門は、苦しまぎれに人からもらった財布だといいはり、お茶を濁《にご》そうとした。だが、女房はなかなか了簡《りょうけん》せず、最後にやっとこういった。

「あの人は、それと本当によく似た財布を肌身離さず身につけていたんです。川から引き揚げられたときに懐にはなく……財布はきっと今も川底に沈んでいるのでしょうね。この世には似たようなものがあって当たり前。でもほんとうに、よく似ている。あの人の財布としか思えない……」

帰り際にも、女房は目に涙を浮かべて、窺うように長左エ門を見た。

まさか、この財布は隣の男のものだったのか。

栄耀栄華《えいようえいが》を極め、あっという間に没落した隣の主が、死の直前まで持ち続けていた財布だったのか。

験が悪いどころの話ではない。死人の財布をくすねたことになるのではないか。

何かまがまがしいことが待っているのではないか。

不安にかられた長左エ門は家に帰るなり、あれに尋ねた。

にやりと笑って、あれはうんとうなずいた。

「隣の主だけじゃない。おいらはいろんなところにいたよ。江戸にも大坂《おおさか》にも、京の都にも。商人も、武士も、公家も、庄屋も……みんながおいらを頼りにした。おいらの助けがあれば、うなるほど金が入ってくるからな」

「じゃなぜ、隣は没落したんだ？」

「さぁ、どうしてだろうな」

「おまえの財布を大切にしていたとあのおかみさんはいっていた。隣の亭主はおまえをうっかり落としたのか？　落とした財布を探しに出て、土手から足を踏み外したのか？　それともはじめから身投げをする気で、おまえを捨てたのか？」

「忘れちまった。そんな昔のことは。だが死ぬと決めた男の道連れになる義理などあるまい。長左エ門さんに拾われてよかったのさ。つまらないことは考えないことだ」

あれは薄笑いを浮かべていた。

この財布は……良いことだけをもたらすものではないのかもしれない。この妖には恐ろしい別の面があるのかもしれない。

長左エ門はそのときはじめて財布と財布に潜む妖に、疑いを持った。

だが、あれと一緒だと、おもしろいように商いがうまくいく。金が入ってくる。

どうして、手放すことができよう。

長左エ門は、隣の男のことなど、いつしか忘れていた。忘れたかったのだ。

しかし……。

『しかし⁉』

口ごもった長左エ門を咲耶が促す。

「あるときからすることなすこと、裏目に出るようになった。歯車が狂いはじめた」

『手放そうとは思わなかったのですか。だから、あれを祓うために祈禱をする気持ちになられたのではないですか』

「なぜあれを手放す？　手放すことなど、できるわけがない。祈禱では、あれの力を戻るように願ったのだ。すべてがうまくいっていたんだ。なかったころに引き返すことなどできはしない。進んでいけばまたいつか……あれがいてくれさえすればうまくいく……あれは私の守り神なのだから」

　咲耶はひと呼吸おき、静かにいう。

『守り神などではありません。まがまがしい妖です』

「妖？　そんなことはわかってるさ」

『ただの妖ではありません。人を惑《まど》わせ、人を有頂天《うちょうてん》にさせ、そして終《しま》いには不幸に陥《おとしい》れる妖です』

「不幸に？」

『隣の主が身を投げたのも、妖のなせる技でしょう。この妖に魅入《みい》られた人はみな、そのような末路をたどったはずです』

「おまえは誰だ？　妖の何がわかる！」

『妖の名はゲドウ。……ゲドウがとり憑いた家は当初は繁栄を極めます。が、あるときを境にみるみる衰退し、やがて滅びていくんです』

「家が……滅びると？」

『………』

「答えろ。大木屋が滅びるのか」

『このままではそうなります。見せた夢の分と同じだけ、いや、それ以上……二度と立ち上がれないほど……ゲドウは、家や人を打ちのめす妖です……財布はどこに？』

財布のありかを聞いても、長左エ門は答えない。

「おい。おまえ、まさか財布を盗む気じゃあるまいな。おまえが私に代わってあの財布でもうけようという気じゃあるまいな。そうはさせんぞ。あれは私のものだ！」

今まで閉じていた目を、長左エ門はかっと見開いた。目が真っ赤だ。

その瞬間、長左エ門の心の風景が咲耶に見えた。

引き出しだ。桜の皮目が美しい樺《かんば》細工の引き出し。その中に財布は、ゲドウは、いる。

「おまえさま！」

心配そうに顔をのぞきこんだ古女房を乱暴に手で払い、長左エ門は立ち上がろうとしたが、足元がおぼつかず、息子が床に引き戻した。

『今がゲドウから離れるときです。間違いに間違いを重ねても、元には戻れません』

ぬぬぬと長左エ門は歯がみしている。

そのすきに、咲耶は長左エ門の女房に尋ねた。

「樺細工の引き出しはどちらに？」

「奥の主人の部屋に……それが何か」

「いえ、長左エ門さんがうわごとでつぶやいておられたものですから……」

咲耶はそのまま廊下に出た。

「見つかんなかった」

「ゲドウに逃げられました」

向こうから小走りにミヤと三吉が駆け寄ってくる。咲耶はミヤに耳打ちした。

「ゲドウが棲み処《か》にしているのは長左エ門さんの財布よ。その財布は奥の部屋の樺細工の引き出しの中に入ってる。ミヤ、盗《と》ってきて！」

ミヤは鼻の上にシワをよせて、首を横にぶるぶるとふる。

「いやよ。いや！　ゲドウにさわるのなんて絶対やだ！」

「怪しまれずに奥まで行けるのは、ミヤだけなの」

「ミヤ、ゲドウをそのままにしていたら、この家の人みんなが不幸になる」

三吉も咲耶に声を合わせる。

「誰が不幸になろうと、あたいには関係ないんだけど」

「できることがあったのにしなかったせいでそうなったら、寝覚めが悪いじゃない。ミヤ、恩に着るわ」

「ミヤしかいない」

「んもう、なんなのよ、ふたりとも。汚れ仕事を、あたいに押しつけて」

ぶすっとふくれた顔のまま、ミヤは庭に出た。植木の陰に隠れたと思いきや、そこからほっそりした三毛猫が出てきた。三毛猫は咲耶と三吉に恨《うら》めしげにちらっと目をやり、奥をめざし、すっ飛んでいく。

ちょんの間に、三毛猫は戻ってきた。口にくわえた財布を離すと、前足で咲耶の前に乱暴に蹴っ飛ばした。

鹿革《しかがわ》の印伝《いんでん》の古い財布だった。

「これか……」

三吉が財布を見つめながらつぶやく。

「う～～っ、気持ち悪いっ」
娘姿に戻ったミヤは井戸に走っていって、がらがらうがいをくり返す。
咲耶は財布を手に取った。まがまがしい気が自分を包むのがわかった。
中を開くと、小さく身を潜め、つぶらな目をくりくりさせているものがいた。
ゲドウだ。
「仕上げはまだだが……まあいいか」
ゲドウのざらざらした声が咲耶に向かって語りかける。
「……持っていけ、咲耶、持っていけ。
持っていけば、おまえの望むものがすべて手に入るぞ。
ほしいのは金か？　栄誉か？
いや、子どもか？　何人ほしい？
いってみろ。望みは全部叶えてやろうじゃないか」
式神使いの咲耶でさえ、前のめりになるほど蠱惑《こわく》的な声だ。
心の奥深いところにあるわずかな欲をもゲドウはえぐり出そうとする。
咲耶は唇を閉じ、財布に結界を張り、手早く風呂敷に包んだ。
長左エ門はまだ錯乱していた。

「誰にも渡さぬ。あれは私のものだ！」

起き上がろうとする長左エ門を、家族が押さえつけていた。


帰り道、ミヤと三吉、咲耶は無言で歩いた。ときおり、ふたりはちらちらと、咲耶が持つ風呂敷に目をやっている。

荒山神社の鳥居が見えてきたところで、ミヤがたまりかねたように口を開いた。

「財布に棲みついているゲドウなんて、初めて見た。このまま、持って帰っていいの？　神社っていったって、ちっぽけな神社だよ。ゲドウにとり憑かれたら大変じゃない？」

「ミヤの言う通りだ。咲耶さん、いくら祓ったところで、ゲドウを改心させることなんてできやしない。ゲドウはゲドウで、そういう妖なんだから」

三吉が続けた。

生半可《なまはんか》な祈禱ではゲドウの力を封じることができないどころか、悪くすれば荒山神社にとり憑き、祟《たた》りかねないとふたりは危惧《きぐ》している。

咲耶はため息をついた。

「だからといって、大木屋さんに置いてくるわけにもいかないし、どこかに捨てるわけにもいかない。誰かが拾ったら、同じことが起きるもの」

とはいえ今、咲耶にできるのは、ゲドウを結界の中に封じこめることだけだ。

「何とかできないか、考えてみるわ」

自信はないが、咲耶は胸を叩いてみせた。

「お寿々ちゃん、元に戻るかな」

三吉がぽつりとつぶやく。

「大丈夫よ。悪いものははき出しきったし、本体はこうして家を離れたもの。きっとすぐに元気になるわ」

「長左エ門のじいさんは？」

猫が顔を洗うように、手を動かしながらミヤがたずねる。

「長左エ門さんだって……ゲドウがしたことを、心の中ではちゃんとわかっていたもの。いずれは……」

財布を包んだ風呂敷を、咲耶は、家の押し入れの奥にしまった。宗高に気がつかれないように、そこにも結界を張った。

宗高の帰りは遅かった。

夕餉《ゆうげ》近くになってようやく戻ってきて、地鎮祭に引き続き直会《なおらい》に招かれたので、それほど腹は減っていないといって、咲耶をがっかりさせた。

子持ち鰈《がれい》の煮付け、菜の花の辛子《からし》あえ、根三つ葉のおひたし、豆腐と油揚げの味噌汁、アサリとゴボウの炊き込みご飯に漬け物……大木屋にとり憑いた妖と対《たい》峙《じ》した自分へのご褒美《ほうび》にと腕をふるったのに。

だが、お膳に並べると、宗高は目を輝かせた。

「お、ごちそうだな。急に腹が減ってきた」

次々にいかにもうまそうに食べはじめる。

咲耶が今日の大木屋での顛末《てんまつ》をかいつまんで話すと、宗高は前のめりになった。

「長左エ門さんとお寿々ちゃんが寝込んだ？　……あの家に何か悪いものが憑いてたんじゃあるまいな」

誰だって思いつくようなことをなんのてらいもなく、重々しく口にする。

咲耶はちらっと押し入れに目をやり、宗高に微笑んだ。

「その通りかも……」

「とりあえず、明日から、ふたりが元気になるように祈願するとするか」

「ええ。宗高さんの出番ですね」

二人は顔を見合わせて微笑みを交《か》わした。

咲耶にはもうひとつ別に、考えなくてはならないことがあった。今後、ゲドウをどうするかということである。

◇◆◇◆

五日ばかりたった昼近く、家の雑用をすませて、咲耶が茶の間で紙垂《しで》を折っていると、後ろでひらひらと蝶が舞う気配がした。

「ごきげんよう」

母・豊菊の声だ。咲耶は気をひきしめ、ふり向く。

「まあ、おたあさま、いらしてくださったんですか」

豊菊が来たとたんに、咲耶はうんざりした顔になるのが常《つね》なのだが、今日に限っては、待ってましたという表情で迎えた。

豊菊はあいかわらず、髪を後ろに長く下げるおすべらかしに、顔を真っ白に塗っている。

「おや、金魚どすな。なんとかいらしや。メダカかと思いましたわ。目をこらさんと見えしませんな」

縁側におかれた睡蓮鉢《すいれんばち》をのぞいて、おちょぼ口を扇《おうぎ》で隠し、ほほほと高らかに笑う。宗高が二日前に買ってくれた金魚だった。

「こげにかいらしものが、ここにはようお似合いどす。けなりいわぁ」

この家には小さな金魚がぴったりでうらやましいというほめ言葉のようで、実は古ぼけた小さな家で金魚を飼って何が楽しいのかしらんという意味だ。

「おたあさま、ちょっと待ってて」

咲耶は奥に姿を消し、包みを持って、すぐに戻ってきた。

「おまたせしました。おおきにすみません」

「わざわざ訪ねきた親を待たすとはわきまえなし……」

豊菊の言葉を遮《さえぎ》るように咲耶はうふふと微笑んだ。

「な、なんどす。気色わるっ……」

咲耶の笑顔に不審を感じたのか、豊菊は身をふるわせた。

「これ、そっちに送るわね」

そういって風呂敷包みをふってみせる咲耶を、豊菊はいぶかしげに見た。

「中身は？」

「おたあさまにしかお願いできないもの」

「あてに頼み？　どないしたん。珍しいこともあるもんや」

「とにかく私の手にあまってしまって」

しおらしく咲耶がいったとたん、豊菊が一気に嵩《かさ》にかかってきた。

「おうち、力がよわうなりはりましたんと違いますか。いわんこっちゃない。宗高なんちゅうどうでんええ男の世話などたいがいにして、京のなんのしんどもせんかてええ暮らしに戻りやっしゃ！」

咲耶はすかさず、豊菊の鼻をへし折るようにいう。

「もしおたあさまがお手上げでしたなら、おばあさまにお願いしてね」

「ん……なんのことかいな」

きっと豊菊の顔が引きつる。

豊菊は母・蔦の葉に頭があがらない。

蔦の葉は人ではなく、山に住む白狐《びゃっこ》で神に近い存在だ。

宮中の出世争いの醜《みにく》さに疲れていた安晴は、清らかな蔦の葉に、蔦の葉も安晴の純な気持ちに魅せられ、一緒になった。蔦の葉は永遠の命を捨て、安晴と同じように年をとり、老いることを選んだ。

ふたりは一粒種《ひとつぶだね》の豊菊が現世欲のかたまりになるとは想像もしなかったに違いない。

今では蔦の葉や安晴が豊菊に表だって意見することはないが、その表情の中にこめられた非難とも憐憫《れんびん》ともつかぬものを、さすがの豊菊も感じ取らざるをえず、豊菊にとって蔦の葉は、誰より煙たい存在で、互いに元気で留守がいいと思い合っている。

ちなみに、豊菊と咲耶が妖を見分けることができるのは、蔦の葉の血が流れているからでもある。

咲耶は風呂敷包みに人形《ひとがた》の式札《しきふだ》をぺたっと貼りつけた。式札は式神の霊力を封じこめたものだ。すかさず咲耶は唇を左右に動かす。ふっと風呂敷包みが消えた。

次の瞬間、豊菊の手の上に風呂敷包みがぽんとあらわれた。

豊菊が目をしばたたかせた。

「あれま、江戸から京までこないなもん送ってくるとは……おうち、いつのまにこんな技を。あてもそこまではようせんわ。……てっ、なんやこの財布は、くっさぁ〜〜っ」

包みを開き、財布を手にし、中をのぞきこんだ瞬間、豊菊の口から金切《かなき》り声が飛び出した。

「こ、こないなめっそもないもん、どないなつもりどす！」

「おたあさま。落ち着いて」

「落ち着いてって、こんなばばちい、まがまがしいもんを……」

「それ、ゲドウどすねん」

「ゲ、ゲドウ⁉」

「堪忍なぁ。つかまえたものの、どないしていいか、わからへんのどす。……あんじょうお頼みもうしますわぁ」

「うわあ、出たらあかん、あかんちゅうに！」

移動中に結界がほどけたのか、財布から出かけたゲドウに、豊菊の目がつりあがる。

「出るな。出るな。聞こえへんのどすか。財布の中に入っとれ、今、結界を……」

ふっと母の姿が消えた。

豊菊でも咲耶同様、ゲドウを結界で閉じこめるだけしかできないだろう。しぶしぶ頭のあがらぬ蔦の葉に頼むことになり、豊菊が地団駄《じだんだ》踏む姿が見えるようだった。

◇◆◇◆

長左エ門が女房とともに、宗高を訪ねてきたのはそれから半月後、つつじがつぼみをつけはじめたころだった。

「お顔の色もよく、お元気そうで」

宗高は、ぼんくらといわれたことなど忘れたように愛想《あいそ》良く迎える。長左エ門も静かに頭を下げた。

「おかげさまでなんとか……」

「何よりでございます」

しばらくして、長左エ門は重い口を開いた。

「これまでの失礼の数々、ご容赦《ようしゃ》ください。また先日、咲耶さんにご祈禱をお願いしたおりにも大変、ご迷惑をおかけして……」

「どうぞ頭をお上げください。何か、ご事情もおありかと、咲耶とも心配しておりました。もうよろしいんですか」

「しばらく寝付いておりましたが、やっとここまで回復いたしました。まだ借り物みたいな身体で、本日、久々に外に出た次第です」

一瞬口ごもって、長左エ門は続ける。

「……実は十年ほど前から、こちらに足が向かないと申しますか、行ってはならぬと禁じられているような気持ちになっておりまして……ある財布を拾ったからでございます。その財布には妖が棲《す》んでおりましてな。にわかには信じてもらえないかもしれませんが……」

「おまえさま、その話は……」

話を止めようとした女房を宗高が手を上げて制し、身を乗りだす。

「お話をお聞きいたしましょう」

宗高がわくわくしはじめたのがわかった。妖など不思議話は宗高の大好物なのである。

「財布の中に棲んでいたのは、ゲドウという名の妖でございました」

「……ゲドウ……」

宗高が咲耶を見る。咲耶は知らないと首をふって、すっとぼける。

ここで妖の知識を披露《ひろう》するわけにはいかない。妖に詳しい巫女などこの世にそうそういないからだ。

宗高は長左エ門をじっと見て、おもむろに尋ねる。

「はてさて、ゲドウとはどんな妖なのです？」

「……私がひとりのときに、財布から出てくるのでございます。みるみるもぐらほどの大きさになり、すばしこく、壁をもよじのぼりますし、空中に浮かんだりもいたします。愛らしい顔をしておりました。人の言葉を話し、親身になって商いの相談にものってくれました。気がついたときには、私とゲドウは一心同体のようになっていたのでございます」

当初はそのゲドウの力を借り、店が繁盛したこと、しかし七年ほどが過ぎたころから、坂を転がり落ちるように商いは落ち目になったこと、その財布は没落し、自ら命を絶《た》った廻船問屋の主の持ち物だったことなど、長左エ門は包み隠さず語った。

ゲドウと諍《いさか》いになったこともあったという。

──おまえの言う通りにしているのに、なぜうまくいかない。悪いほうに悪いほうに転がっていく──

──今にうまくいくさ──

──今とはいつだ──

──さぁ。いつかな──

そういって、ゲドウはキキキと声を出し、牙をむきだし、笑った。ゲドウはいつしかどう猛な顔に変わっていた、と。

「それでも、私はゲドウと縁を切ることができませんで……しかし私が転んで意識を失ったあの日を境に、財布とゲドウが消えてしまいました」

「消えた？」

「ええ。きれいさっぱり」

長左エ門は宗高の目を見て、首を横にふる。

「不思議な話ですなぁ。今までいたものがいなくなったとは……」

「息子たちは、はじめからそんなものはいなかったのだと申します」

「はてさてどこに行ってしまったんでしょう。……おかみさんはそのゲドウとやらをご覧になった？」

女房は目をふせた。

「いいえ……」

「その姿が見えたのは私だけで……」

長左エ門は膝を進めた。

「宗高さん、私の頭がおかしいんでしょうか。ゲドウがいたことを、息子らは信じてくれません。私が転んでおかしくなって、戯言《ざれごと》をいっていると……。女房も悪い夢を見たのではないかと……」

女房が首をすくめ、困った顔をした。

う〜むと首をひねっていた宗高は、やがて首を横にふった。

「いや、神様がいらっしゃるのですから、妖もおりましょう」

きっぱりといった宗高に、長左エ門は意外なものを見るような目を向けた。

「……財布を拾ってから十年、その妖と共にいたということですか……長い歳月ですなぁ。相手がどんなものであっても、愛着もわきましょう」

「はぁ……」

「それで妖がいなくなったことに、慣れられましたか。今もお寂しかったりするのではないですか」

宗高がいたわるようにいうと、長左エ門の目の縁《ふち》がみるみる赤くなった。

ゲドウを失った長左エ門に、宗高のように寄り添ってくれる者は誰ひとりいなかった。

息子や女房にさえゲドウの存在を信じてもらえない。

それでいて、ゲドウがいなくなったというと、それはよかったとあっさり口をそろえる。

「正直申しあげますと、ゲドウに去られたときには自分の一部がもぎ取られたかのようでした。つらく悲しく、この世にひとりで放り出されたような……」

「……それはそれは」

「ゲドウとの日々を思い出し、ふり返り……その中で、ようやく気づかされました。これまで商売から何から何まで私はゲドウに頼りすぎていた、自分を失いかけていた、私は間違っていた、と」

長左エ門は拳を握りしめ、声をふり絞る。

「間違いだった⁉」

長左エ門がうなずく。

「すべて私の愚《おろ》かさが招いたことでございます」

「そうご自分を責めなくてもいいのではないですか」

また、宗高が思わぬことをいったので、長左エ門はびっくりした顔になった。

宗高は淡々と続ける。

「主は孤独だといわれます。商いをしていれば何かに頼りたくなることもありましょうな」

「ええ」

「それに人は間違うものではありますまいか……何かに頼りきり、いい目を見たら、それが悪いものだと気づいても、なかなか離れられないというのも人の性《さが》でもありましょう。にもかかわらず長左エ門さん、十年も一緒だったゲドウからよく離れなさった」

ついに長左エ門は手ぬぐいで目をおおった。

「いやいや、お恥ずかしい話で……奉公人も減ってしまいました。これからは心を入れ替え、己の力でまっとうな商いをしていくつもりです」

「……ご立派ですな、長左エ門さんは。自分の間違いを認めることはなかなかできるものではありません」

そういった宗高に、長左エ門の女房の目が釘《くぎ》づけになった。驚いているというより、あきれたように口をぽかんとあいている。

宗高は目に涙をため、ぐすぐす鼻をならしていた。

ああ、またはじまったと咲耶は自分の額をぴしゃんと打った。

宗高はもらい泣きの達人である。

涙もろい男は珍しくもないが、人々が相談ごとを持ちこむ神社の神主となると話が違う。相談を聞きながら、嗚咽《おえつ》をもらすなんて、神主の威厳にかかわりかねない。

宗高も、人前では泣かないように常々、気をつけているのだが、長左エ門に同情するあまり、つい気持ちがあふれてしまったようだった。

んんっと咲耶が咳払《せきばら》いをすると、宗高ははっと顔を上げ、鼻をすすり、口をひきしめた。咲耶に、知らせてくれてありがとうとでもいうように目配せをし、姿勢をただした。

「……しかし、そのゲドウとやらはどこに行ったのでしょうな」

「さあ。やつは……江戸や大坂、京……いろんなところにいたといっておりました。人よりもはるかに長く生きるものなのでしょう。私と同じ間違いをする人がいないようにと願うばかりですが……」

その心配はないと、咲耶は心の中でつぶやいた。

ひと通り話が終わったところで、咲耶は膝を進めた。

「お寿々ちゃんはどうなさっていますか？」

女房がふっと微笑む。

「おかげさまで元気になり、昨日から手習い所にも通いはじめました」

「それはようございました」

長左エ門が目を大きく開き、咲耶を見つめた。思わぬ強い視線に、咲耶がたじろぎ、目をふせた。

「その声……夢の中で聞いた声のような……」

えっ？と顔を上げた女房に、長左エ門が柔らかく微笑む。

「私をいさめ、ゲドウから救ってくれたのは夢の中の声だったんだよ。その声に咲耶さんの声がよく似ているような気がしてな……」

「まあ……若い女の人の声だったんですの？」

女房は少しばかり頬をふくらませ、焼き餅《もち》を焼いているかのように長左エ門の膝をとんと叩いてみせた。

「若いころのおまえの声だったかもしれん。……そうだ。きっとそうだ」

長左エ門が半《なか》ばおどけながら、とりなすように付け加える。女房が噴き出した。

「……とってつけたように。でも、昔のおまえさまが戻ってきたかのよう。そうやってあたしをからかって、やきもきさせて……」

「心配かけて、すまなかった……おまえは今もきれいだよ。私にはもったいない女だ」

「こういう人なんですよ、ほんとは。……口ばっかり」

笑いながら、女房はこぼれ落ちる涙を手巾であわてて押さえた。

長左エ門はもちろん、宗高もやっぱり涙目だ。

帰り際、入り口を出たところで、長左エ門は宗高と咲耶に向き直った。

「これからはときどき参拝にうかがわせていただきます」

「いつでもお出かけください。お待ちしております」

「それから……ぼんくらだのなんだと申しあげてしまって……私はどうかしておりましたものですから……どうぞお許しください」

頭を下げ、長左エ門と女房が仲良く肩を並べ、遠ざかっていく。

鳥居の外で、待ち受けている黒いものはもういない。

ふたりの姿が見えなくなると、咲耶と宗高は顔を見合わせた。宗高が頭の後ろをぽりぽりとかいた。

「今になって思い出した。前に長左エ門さん、荒山神社の神主は代々ぼんくらだと、すぱっといってくれてたな」

咲耶は宗高の手をとった。

「宗高さんはぼんくらなんかじゃありません。それに長左エ門さんはゲドウにとり憑かれていたんですから……」

「どっちだっていいさ。咲耶がいてくれたら」

宗高はぎゅっと咲耶の手を引き寄せ、肩を抱いた。

荒山神社には、清らかな緑の風が吹き渡っている。

第二話：金《きん》太《た》郎《ろう》、泣く

◇◆◇◆

「咲耶《さくや》、長屋の家賃のことだけど」

入り口で姑《しゅうとめ》のキヨノの声がした。

風通りのいい縁側で、ごろんと寝そべってウトウトしていた咲耶はハタッと飛び起き、あわてて唇《くちびる》をくちゅくちゅと左右に動かした。

宙に浮かび障子《しょうじ》の桟《さん》の埃《ほこり》をパタパタとはらっていたはたき、しゅっしゅっと畳の目に沿ってごみを集めるほうき、軽快に板の間を拭《ふ》いていたぞうきんの動きがぴたりと止まる。

ぞうきんが桶《おけ》にぽちゃんと飛びこみ、壁にもたれたほうきとはたきを咲耶が両手でつかんだのと同時に、足音を響かせ、キヨノが部屋に入ってきた。

キヨノは小柄《こがら》で頬《ほお》に縦《たて》の筋が出るほどやせている。だが仁王《におう》立《だ》ちになった姿は貫禄《かんろく》たっぷりだ。

点検するように、じろじろと家の内外を見まわしたキヨノの視線が、井戸端《いどばた》の洗濯桶で止まった。洗濯物がつっこまれたままになっている。

「……身体がふたつあるわけでもないのに、洗濯と掃除を一度にとは、これいかに……」

キヨノのどんぐり眼《まなこ》がいぶかしげにきょろきょろ動いている。

咲耶の首筋がひやりとした。

身体がふたつどころか、ほうき担当、はたき担当、ぞうきん担当、水汲《みずく》み担当など、咲耶は何枚もの式札を使って掃除洗濯を行なっていたので、実は身体四つ、いや、五つ分の働きだった。

「……洗濯ものの汚れを落とすために、先に水につけておいておりました。その間にお掃除をすまそうと……」

とりつくろうようにいった咲耶に、ふ〜んとおもしろくもなさそうにうなずいて、キヨノは口元だけで笑った。

「家事だけはほんとに手早いこと。人間、探せば何かひとつくらいはとりえがあるってもんだわね。……で、家賃はどうなってるの？」

「今日が晦日《みそか》（三十日）ですので、後で一緒に受け取りに行こうと宗高《むねたか》さんが……」

キヨノに対しては、宗高の名前を出すのがいちばんだ。何事も、大事なひとり息子である宗高のせいにしてしまえば、キヨノといえど、口から火を噴くのを見合わせる。

「宗高は？」

「氏子《うじこ》の《平田屋《ひらたや》》さんのところに行かれました。相談ごとがあるそうで」

満足げにキヨノがうなずく。

「このごろ宗高の評判は上々だからねぇ。……そういうことなら、咲耶、ひとりで長屋に行ってさっさと家賃を集めてきておくれ。払えないと店子《たなこ》がごねても了簡《りようけん》せず、きっちり払ってもらうんだよ」

「……はい」

「甘い顔をするんじゃないよ。店子になめられたらしまいだから」

神社の者とも思えぬ厳しい口調でいう。

家賃の件では宗高の名も役に立たなかったと、咲耶は小さくため息をもらし、物干しの奥にある板塀《いたべい》を見つめた。

この板塀の先に、割長屋がふたつ並んでいる。荒山《あらやま》神社の先々代が実入りを増やすために作った長屋だ。

これまでは多くの長屋同様、ちゃんと差配人《さはいにん》を置いていた。だが、三か月前、長年務めていた差配人が腰を痛め、急きょ、隠居することになった。そのときに次の差配人が見つかるまでという約束で、キヨノは息子の宗高を差配人にしたのである。

差配人を務めるのは仕事を退《しりぞ》いた者が多い。だが、気楽な隠居仕事ではなかった。

家賃を集め、長屋のもめごとを引き受け、店子がつつがなく暮らせるように目配りもしなくてはならない。

順番で町名主《まちなぬし》の補佐役もし、交代で自身番《じしんばん》にも詰め、人別帳《にんべつちょう》を管理し、火の番と夜回り、店子の訴訟の付き添い、保証人も引き受ける。井戸や建物の不備がないか点検し、病人や怪我《けが》人が出れば助け、冠婚葬祭《かんこんそうさい》もとり仕切る。

敷地内に行き倒れや捨て子があれば、保護の責を負うのも差配人だ。万が一にもほったらかしにしたら重罪となってしまう。

というわけで、差配人は大店《おおだな》の番頭《ばんとう》経験者など、酸《す》いも甘いものみこんだ頭の切れる年配者が多い。仕事が煩雑《はんざつ》な分、高給取りでもあり、大工のざっと三、四倍の収入があった。

一方、神主《かんぬし》だって暇《ひま》なわけではない。

神社を穢《けが》れから守り、参拝者に清らかな気持ちで参拝してもらうための朝夕の掃除。祓詞《はらえことば》と大祓詞《おおはらえのことば》という祝詞《のりと》を唱える「朝拝」「夕拝」を毎日行なう。例大祭《れいたいさい》や七五三などのお祭りを司《つかさど》り、氏子の地鎮祭《じちんさい》、厄払《やくばら》い、病気平癒《へいゆ》祈願はもちろん、頼まれれば雨乞《あまご》い、除霊などの祈禱《きとう》もする。

小さな祠《ほこら》を守っているだけならいざ知らず、氏子もそれなりに抱えている神主が差配人を兼務するなんて、咲耶も宗高も聞いたことがなかった。

けれど、差配人をやれと一歩もひかないキヨノに逆《さか》らうのは面倒だからと、宗高は引き受けた。面倒ごとを面倒だからとしょいこんだら、残るは面倒の山なのだが、それがわかっていても人との面倒ごとは避けるのが宗高だった。

とはいえ、いざ蓋《ふた》をあけてみると、やはり神主と差配人の両立はなかなか難しく、結局、咲耶が差配人仕事を手伝っている。給金を倹約できるとほくほくしているキヨノに、もはや差配人を探している気配はない。

キヨノが帰っていくと、咲耶は急いで、自分で掃除をすませた。桶につっこんだままになっている洗濯ものもきれいな水ですすぎ、ぴんとひろげて物干し竿《ざお》に干す。

梅雨《つゆ》にはまだ間《ま》があり、よく晴れる日が続いている。

縁側から家に上がった咲耶は、額《ひたい》の汗を首にかけていた手ぬぐいで押さえ、庭からひらひらと後をつけてきた揚羽蝶《あげはちょう》に向かって声をかけた。

「おたあさまでしょ！」

「あたりや！　おはようさん」

たちまち蝶々の姿がほどけ、しゅるしゅると人形《ひとがた》になる。白塗《ぬ》りに丸眉《まるまゆ》、付け髪であきらかに嵩《かさ》を増したおすべらかし……。

実母・豊菊《とよぎく》があらわれた。

紅《べに》をちょんとつけた口を扇《おうぎ》で隠し、蝶々をすぐに自分だと咲耶が見破ったのがうれしいのか、目を三日月《みかづき》にして笑っている。

「しっかし、おうちもしおらしゅうならはったもんどすなぁ。キヨノはんとやらの、あらくたい、いい物言いをはんなり受け流さはって」

豊菊はキヨノとのやりとりを見ていたらしい。

「これが艱難《かんなん》、汝《なんじ》を玉《たま》とす、どすなぁ。大人《おとな》にならはって。母は感慨無量《かんがいむりょう》どす。……ええのええの、実の親にはおべんちゃらひとつ口にせず、遠慮なしにきっついことをゆうてつっかかって、他人には手のひら返し……いや、悪口いってるんやあらへん。それこそ大人の知恵どす。ほめとるんどすえ」

あきらかに悪口だと、豊菊は念をおす。

「それにしてん、昨日今日、開かはった神社の一角に長屋を設けはって……才覚があるっちゅうか、きばりはるちゅうかなんちゅうか……たいしたもんどす」

あざけるようにいい、ふんと鼻を鳴らした。

なにしろ豊菊は何百年も前に起きた応仁《おうにん》の乱を、先《さき》の戦《いくさ》というような人なので、江戸は昨日今日できた町であり、江戸の文化も神社も何もかも、日が浅い、重みがない、歴史も伝統もない、ないないづくしのものと決めつけている。

「で、今日はなんの御用ですか」

豊菊を咲耶は遮《さえぎ》った。止めなければ豊菊はずっとしゃべり続ける。

咲耶だって、豊菊がそれなりに娘を想っていて、こうやって来ていることは重々、わかっている。けれど、話の行きつく先は決まっている。さっさといいたいことをはき出して、お帰りいただきたいというのが咲耶の本音だった。

「そろそろ京に戻ったらどうや。ええお人を見つけたんどす。もうおまえにぴったりの……」

案《あん》の定《じょう》、豊菊はすぐにその件に着地した。

宗高との結婚を認めず、江戸を捨て、京に戻り、出世競争を勝ち抜きそうな陰陽師と一緒になれと未だにいい続け、相手探しにも余念がない。

だがそんな話に乗るわけにはいかない。

「おたあさま、それより、あのゲドウ、どうなさりはりました？」

「ゲドウ……あれはなぁ」

豊菊は目をしばしばさせた。

ゲドウを送りつけて二か月、豊菊はとんと御無沙汰《ごぶさた》だった。咲耶にとってはある意味、平穏な日々だったともいえる。

渋々《しぶしぶ》という表情で、豊菊は顚末《てんまつ》を語りはじめた。

ゲドウは、やはり祖母・蔦《つた》の葉《は》のところに持ちこむしかなかった。蔦の葉は、朱塗りの千本鳥居の先にあるという、神の眷属《けんぞく》が住むところにゲドウを連れて行ったそうだ。

「ゲドウは誰にもとり憑《つ》くことができない世界で、ひっそりと生きることになったんですね」

「まあ、そういうこっちゃ」

「おたあさま、おばあさまに頼んでくださったんですね。おおきに」

おおげさに咲耶が頭を下げる。

豊菊は黒目を上げて天井を見た。口元は見事なへの字だ。思い出すだに、蔦の葉に頼まざるをえなかったことが口惜しいと、その顔に書いてある。

「おばあさまに、咲耶は元気だと伝えてくれました？」

「ほなこと、自分でいいなはれ。いけずやな……また来ますわ」

咲耶がもうひと押しするやいなや、しゅるしゅると豊菊の姿が消えた。

姑のキヨノ、実母の豊菊。疲れることを知らないふたりを相手にすると、どっとくたびれる。どちらも芯《しん》から悪い人というわけではないが、身勝手で、この世は自分が思うようにあるべきだと考えているところが一緒だった。

◇◆◇◆

長屋の井戸端には女たちが集まっていた。

「こんにちは」

「あら、さ～く～やさん！」

女たちの真ん中にいたミヤが手をふって飛び出してきた。

「みなさん、集まって。楽しそうで結構ですね」

「それはそうなんだけど。……出たんだって、妖《あやかし》が。その話で持ちきりなのよ」

ミヤがにんまりと笑って肩をすくめた。その正体は化《ば》け猫《ねこ》だが、すっかり長屋にもなじんでいる。

咲耶はミヤに誘われるように、女たちの輪《わ》に加わった。

「妖ですか。まぁ。で、どんな？」

「消えずの行灯《あんどん》だって。伊勢町《いせちょう》の居酒店の行灯なんだけど、毎晩、消しても消しても、朝まで灯《ひ》がついているんだって」

「おミヤちゃん、ほんとにそんな妖いるのかね。本所七不思議《ほんじょ》でもあるまいし」

赤ん坊をおぶった若いおかみさんがつぶやく。姉《あね》さんかぶりをした三十がらみの女が手を横にふった。

「おおかた、お調子もんのいたずらだろうよ」

「そうだよ。そうに決まってる。若気《わかげ》の至《いた》りでそんなことやらかして、岡《おか》っ引《ぴ》きに捕まれば、ただじゃすまないのに」

うなずいたのは、嫁《とつ》いだ娘のところに、孫が四人いる大工のおかみさんだ。

ミヤが女たちの顔をぐるっと見まわす。

「あたいはねっ。本物の妖だという気がする！」

自信たっぷり言い切った。女たちが気味悪そうに眉をひそめる。咲耶も女たちに合わせて困ったような顔をせざるをえない。

実はそんな妖はどこにでもいる。消えずの行灯は人畜無害《じんちくむがい》である。

「人を脅《おど》かしてよろこぶ妖よ。妖も人もおんなじで、そういうお調子者がいるんだよ」

場の空気をよまないミヤは景気よく続けた。弟の三吉《さんきち》は手習い所に行っているので制止するものもいない。

「まるで見てきたみたいにいうねぇ」

「おミヤちゃんはおっかなくねえの？」

「全然！　妖は江戸の町にいっぱいまぎれこんでいるらしいよ」

「ええ～っ。脅かさないでよ」

「案外、この長屋にもいたりしてぇ」

ミヤ自身が妖なのだから、この状況をおもしろがって、ふざけているのは明らかだ。

「ひゃあ～くわばらくわばら」

「かわいい顔しておミヤちゃんは強気だねぇ」

「このあいだ、宗高さんも、神様がいるんだから、妖がいてもおかしくはないっていってたよね。そうでしょ、咲耶さん」

ミヤがきょろっと目を回して、咲耶を見た。

「ええ」

「神主さんがいうなら、そうなんだろうねぇ」

神妙な顔になった女たちに、ミヤはとびきりの笑顔を向ける。

「もしかして、あたいも妖だったりして」

「いやだよ、おミヤちゃんったら。冗談ばっかり」

「そんなかわいい妖ならお目にかかりたいもんだよ」

女たちがどっと沸《わ》いた。

化け猫のミヤは何十年も人の間で暮らしてきた。簡単に尻尾《しっぽ》は出さないだろうが、いつも咲耶をひやひやさせる。

先日も、油断は禁物《きんもつ》だと思い知らされた。

猫に化けた、いや、猫の姿に戻ったミヤは、縁の下で大木屋の長左エ門と宗高の話を聞いていたという。さっき、ミヤが口にした神様がいるから妖がいてもおかしくはないというのは、そのときに宗高が発した言葉だ。

そのことをミヤから得意げに聞かされ、咲耶はあらためて妖の、特に化け猫にはうかうかできないと肝《きも》にめいじた。

咲耶が店賃の件を切り出すと、

「妖より恐いのは、店賃の催促だけどね」

「恐い恐い」

と、女たちは銭をとりにいったん家に戻っていく。店賃を負けてといったのはミヤだけで、どの家もそれぞれ六百文、きっちりそろえて店賃を払ってくれた。

咲耶が負けられないと首をきっぱり横にふると、ミヤは渋々、満額支払った。だが金を渡すミヤの指から一瞬爪が飛び出した。

◇◆◇◆

本殿に通じる参道の左奥にある本宅は、かなりの広さがある。入り口を入ると、手前の八畳間は社務所《しゃむしょ》となっていて、いつも氏子が誰かしらたむろしている。その他に、部屋が大小あわせて六つ。どの部屋からも境内《けいだい》か庭のどちらかが見え、採光、風通しとも、申し分ない。

咲耶が店賃を持って本宅に行くと、入り口に派手な鼻緒《はなお》の草履《ぞうり》がそろえてあり、奥の座敷に客の気配があった。

「お客様？　なら、また後から参りますわ」

ちょうど姿をあらわしたおはまに咲耶は耳打ちした。おはまは荒山神社で奉公して三十年の古参《こさん》の女中だった。おとなしい性格で、よけいなことはいわず、いつもキヨノの影のように立ちまわっている。

すると、奥の座敷からキヨノの声がした。

「咲耶かい？　かまわないから。店賃のことだろ」

咲耶は首をすくめた。キヨノは地獄耳《じごくみみ》だった。

縁側に面した障子はからりとあけてあり、座敷の中から若い娘の声がする。

「おばさま、店賃って？」

「裏の長屋の……。差配人がいないものだから、宗高にもろもろを頼んでいるのだけど、店賃集めは咲耶が……誰にでもできることだから」

「まあ、誰にもできるって、おばさまったら」

遠縁《とおえん》の花世《はなよ》の声だった。

花世は、キヨノが宗高の花嫁第一候補と考えていた十八歳になる紙問屋《かみどんや》の娘だ。

花世は幼いころから優しく美丈夫《びじょうふ》の宗高を慕《した》っていて、本人もそのつもりでいたらしい。

宗高は十歳から二十歳《はたち》まで十年もの間、熊野で神主修行をした。宗高が十歳のとき、花世はわずか七歳だったわけで、花世にとっては正真正銘の初恋だったことになる。

だが、熊野から帰って半年で、宗高は咲耶と夫婦《めおと》になった。

花世にしてみれば、とんびに油揚げをさらわれたような気持ちだったろう。咲耶のことは当然、おもしろくなく思っていて、宗高と咲耶が夫婦わかれしたら自分が次の女房の座にと思っている節《ふし》まである。

咲耶が「いらっしゃいませ」と丁寧に挨拶《あいさつ》をしても、花世は軽く会釈《えしゃく》を返すだけで、ひとことも口をきかない。ふっくらした頰にやや垂れ目と、一見邪気《じゃき》のなさそうな顔立ちをしているのだが、ちらっと咲耶を見やる目の端に意地の悪さがにじんでいた。

「これで全部かい？」

店賃を受け取り、キヨノはそっけなくいった。

「はい。裏長屋の八軒分でしめて四千八百文、一両三朱五十文となります」

ちなみにこの時代、貨幣は四進法を使用していて、一両は四分であり、十六朱であり、四千文である。

キヨノが雇い人にいうように「ごくろうさん」と金を受け取ると、花世はわざとらしくクスッと鼻で笑った。

そのとき、入り口から宗高の声がした。

「咲耶、長屋の店賃、集めてくれたんだって？　私が行こうと思ってたのに。悪かったな」

「あら、お帰りなさいませ」

咲耶は立ち上がると、部屋から出て、こちらに歩いてきた宗高に寄り添った。

「今、お姑《かあ》様にお渡ししたところ。みなさん、気持ちよく支払ってくれました」

「咲耶が集めに行ったからだろ。咲耶は長屋の住人にも人気があるから」

「そんなことない……」

宗高の袖《そで》をつかみ、甘えるように咲耶が左右に身体を揺らす。花世に少し見せつけてやりたくなった自分も、存外《ぞんがい》人が悪いが、それ以上に花世はいつだって感じ悪いのだから、知るもんかという気持ちだった。

んんっとキヨノの咳払《せきばら》いが聞こえた。

「宗高！　相談ごとがあるって、花世さんが見えてるよ」

いちゃいちゃしているように見えたのが不愉快なのか、キヨノはつけつけといった。

花世が宗高に相談？　どうせ、宗高に近づくための口実だろう。と思うと、やはり気にはなった。だが、咲耶が不愉快そうなぶすくれた顔をしたら、キヨノと花世の思うツボだ。咲耶はふわっと微笑み、中に入ろうとした宗高の耳元にささやく。

「じゃ、私は先に戻っていますね」

「なんで？」

「お邪魔でしょ」

だが宗高は咲耶の手をつかんだ。

「どうせ、あとで咲耶に話すんだ。だったら、ふたりで聞いたほうが早いじゃないか」

宗高に手を引かれて後ろから入ってきた咲耶を見て、花世は明らかにむっとした顔になった。もう、宗高さんったら！　と困ったようなうれしいような顔で咲耶はちらっと花世を見て肩をすくめる。

「お花坊《はなぼう》、ひさしぶりだな」

宗高が笑顔を見せると、花世はとりあえず仏頂面《ぶっちょうづら》を消し、慇懃《いんぎん》に頭を下げた。顎《あご》だけひいた咲耶への挨拶とはまるっきり違う。

「今日はお兄様にお目にかかるので、新しい着物をおろしましたのよ」

一筋の乱れもない髪を手で押さえると、簪《かんざし》の短冊《たんざく》が光に反射し、きらきらとゆれた。黄色地に小花が散った振袖《ふりそで》に、春から秋までの草花が刺繡《ししゅう》してある白地の帯は、娘ざかりならではの愛らしい組み合わせだ。

「よく似合ってるぜ。またきれいになったんじゃないか」

「あら、うれし」

「で、相談とはなんだ？　何かあったか？」

いきなり宗高が切りこむ。もっとほめてほしいとすましこんでいた花世は物足りなさそうだったが、しかたなくもぞもぞと話しはじめた。

花世の家が親しくしている日本橋伊勢町の瀬戸物問屋《山崎屋《やまざきや》》で怪異が起きているという。

「先月、伊万里《いまり》から届いた荷の中に、注文した覚えのない古い木彫《きぼ》りの金太郎《きんたろう》の人形がまぎれこんでいたんだそうです」

伊万里の取り引き先にその旨《むね》を書いた文を出すと、蔵の中にしまっていたものを手違いで荷の中に入れてしまったと返事が来た。

「処分するなりなんなりしてほしいと。でも、その人形、たいそうかわいらしいお顔をしているんですって。それで、座敷の床《とこ》の間《ま》に飾ったところ、異変が起きたそうで」

「異変？　どんな異変だ？」

宗高が身を乗りだした。興味津々《しんしん》である。

「……朝になると人形の足元に小さな水たまりができているんですって」

「水たまり？」

「ええ。何かをこぼしたのかもしれないと、当初は女中が拭きとっていたんですが、三日が過ぎ、やはりおかしいと。そこで主がよく見ると、金太郎の目の下に水がつたったような跡があって」

「まさか、金太郎の人形が泣いていたっていうの？」

キヨノが素《す》っ頓狂《とんきょう》な声を出した。

花世が口を引き結び、うんとうなずく。

そこで主は番頭と共に、本当に金太郎が涙を流すかどうか確かめようと、寝ずの番をしたが、明け方直前、睡魔《すいま》に襲われ、寝てしまったという。

「何度やっても、ふたりとも眠ってしまって、涙を流すところは見ていないとか……」

咲耶と宗高は顔を見合わせた。いくら疲れていても一晩くらい起きていられそうなものなのに、毎回眠ってしまうというのはおかしな話だった。

「そんときも、次の朝には人形の下には水がたまっていたのか？」

花世は、宗高の目を見つめてうなずいた。キヨノは眉をよせた。

「気色悪い……」

「ですから山崎屋さんも、この人形を手放すか処分するかしたいんですって。でも人形ですからねぇ。やたらなことをして祟《たた》られては困ると……そこで、このごろ評判の宗高お兄様に相談したいといってこられて……」

人形は人の形をしているので霊や魂魄《こんぱく》が宿りやすく、そのまま捨てたり燃やしたりすると、人形の呪《のろ》いで病気や災難が起きるといわれている。

「あなた！　この話、まさか信じてないの？」

いきなり、花世は咲耶に大声で食ってかかった。咲耶は飛びのきそうなほど驚いた。

そんな話があるとしたら、どういうわけなのかとさまざまな場合を考えていた。ついついいぶかしげな顔をしたのが、花世は気に食わなかったらしい。

「いえ、信じていないなんてまさか……ただ、ずいぶん不思議な話だと思いまして」

なんとか丸く収めたが、咲耶が下手《したて》に出ているのをいいことに、かさにかかってくる花世にカチンときた。だいたい人形が祟るとか呪うなど、人が思うほどある話ではなく、ほぼ迷信、というか勘違いだ。

呪いは、自分は呪われていると思う人がいてはじめて成り立つシロモノだからだ。うっかり階段から足を踏み外しただけなのに、流行《はや》り風邪にかかっただけなのに、呪いかもしれないという思い込みがあれば、すべて祟りになってしまう。

だからといって、呪いや祟りがまったくないとも言い切れないのだが。

じっと花世の話に耳を傾けていた宗高は、組んでいた腕をほどいた。

「その人形を見ないことには、なんともいえんな」

顔が輝いている。怪異の類《たぐ》いに、宗高は目がないのだ。

花世が膝《ひざ》を進める。

「そうおっしゃると思いましたわ。お兄様、これからご一緒していただけませんか？　先様《さきさま》も早いほうがありがたいとおっしゃっていますの」

宗高はふり向いて咲耶を見た。

「咲耶、今日は他に何かあったか？」

「いえ。特に」

のんびりしていて、うっかりしがちな宗高は約束を忘れたり、同じ日に約束をふたつしてしまうことがままあり、夫婦になって以来、咲耶が宗高の予定を管理している。

「じゃ、うかがってみるか」

「ご案内させていただきますわ」

花世が満足げに笑みを浮かべ、後れ毛《おく》をおさえるようにうなじに手をやった。

その手の動きが次のひとことで止まった。

「咲耶も、一緒に行こうぜ」

「私も？　よろしいんですの？」

これで宗高とふたりきりででかけるという花世のもくろみをぶっつぶせるというれしさを押し殺し、きょとんとした表情で宗高と花世の顔を交互に見る。花世は悔しげに咲耶をにらんだ。

「神楽鈴《かぐらすず》が必要になるかもしれん」

宗高の声が咲耶の耳にいつもよりちょっと甘く響く。神楽鈴とは、祈禱の際に巫女《みこ》がふるう鈴で、その音色《ねいろ》には邪《じゃ》を祓《はら》う力があるとされる。

「それに咲耶は瀬戸物が好きじゃないか。瀬戸物屋と顔なじみになる絶好の機会かもしれんぞ」

「だとしたら、うかがわないわけにはいきませんわ」

咲耶は思いきりうれしそうに微笑んだ。

咲耶の実家は古くからの家だけに、伊万里焼や京焼などがうなるほどあった。蔵の中には、どれほどのものが詰めこまれているのか、わからない。

祖母の蔦の葉は上等な器《うつわ》を惜しげなく普段使いにする人で、夕に朝に美しい器を並べ、目でも食べる楽しみを咲耶に教えてくれた。その娘だけあり、あの豊菊でさえ、そこそこの器を使っている。

一方、山本家でキヨノが使うのは手頃な、いってみれば当たり前の器ばかりだ。

咲耶の目が瀬戸物に向くようになったのは、所帯《しょたい》を持ったからなのか、キヨノから押しつけられた瀬戸物の中に気に入ったものが少ないからなのかはわからない。

　おかげで、新しいものを少しずつ買い集める楽しみができた。

　町を歩けば、瀬戸物屋を素通りできない。極上上吉《じょうきち》の器などでなくていい。季節を感じさせるもの、愛らしいもの、ちょっとしゃれっ気があるものや、お膳を明るくしてくれる豆皿《まめざら》や小鉢《こばち》に目がいく。

　皮肉でも何でもなく、山本家にたいした器がなくてよかったと咲耶は思う。持たないからこそ生まれる楽しみもあるからだ。

　こんなことを、キヨノにいったら、こめかみに青筋を立てるに違いないが。

「なじみになれば、気《け》は心で、少し割り引きをしてくれるかもしれん」

「感じよくつとめなくちゃ」

　調子に乗ってつぶやいたとたん、キヨノが咲耶をきっと見据えた。

「ものの価値のわからない者に限って見た目の派手さに惹《ひ》かれて、ばか高い皿を買ったりするものです。身のほどをわきまえることを忘れなさんな」

　咲耶が同行するというので、ふくれていた花世がキヨノのひとことで機嫌を直し、にやりと笑った。次の瞬間、咲耶の唇が小さく動き、花世が悲鳴をあげた。

「あつっ、あ〜〜っ着物にぃ〜〜っ」

口に運びかけていた湯呑《ゆの》みをつるりととり落とし、自慢の着物にお茶がかかって花世は大あわてだ。

「咲耶、ふきんを、早く！」

キヨノもあわてふためいて命じる。

「あ、はい」

すかさず、咲耶は水屋に走り、絞ったふきんを持って戻る。花世は礼もいわず、濡れふきんをひったくった。

あとの始末はキヨノと花世にまかせて、いちおう、祈禱の準備だけはしていこうという宗高とともに、咲耶は別宅に向かう。

本宅を出たとたん、ぺろりと咲耶が舌を出した。花世に辟易《へきえき》させられ、新調の着物にお茶がかかるように仕向けたのは咲耶だ。

宗高と咲耶は祝言《しゅうげん》をあげて夫婦になったのに、花世は勝手に咲耶を恋敵《こいがたき》とみなして、いつも咲耶の神経を逆《さか》なでする。キヨノの尻馬《しりうま》に乗り、咲耶に対して人とも思わぬ態度をわざとしてみせる。

お茶は火傷《やけど》するような熱さではなかったので、まあそのくらいはいいだろうと咲耶は足を速めた。

玉串《たまぐし》と神楽鈴、宗高用の烏帽子《えぼし》に狩衣《かりぎぬ》、咲耶の額当《ひたいあて》や表衣《ひょうい》などを風呂敷に包み、宗高と咲耶、花世が伊勢町に向かう。

「……手の中から湯呑みが落ちるなんて。大騒ぎしちゃって恥ずかしい……」

花世は咲耶をさしおき、宗高と並んで歩く。

「しみにならなきゃいいが」

「すぐに拭いたから跡《あと》は残ってないみたい」

「うっかりは私のお株なのにな」

「あら、お兄様からうっかりをうつされちゃったのかしらん」

あいかわらず、花世は宗高にべたべたしている。

普通の男なら鼻の下を伸ばしかねないところだ。ただ宗高はこういうことには、いかがなものかとも思うほど疎《うと》く、おかげで変な心配もない。

山崎屋は間口四間（約七・二メートル）の店だった。

店頭にはずらっと見本の瀬戸物の皿や鉢が並んでいる。注文の数がまとまれば、小売り店に限らず一般の客にも販売しているのだろう。いかにも商人らしい男たちの間に、料理屋の女将《おかみ》らしき玄人《くろうと》っぽい女客の姿も見える。

礼儀正しい手代に連れられ、帳場格子の横から店奥に入る。通り庭の先に白壁の土蔵が三つ並び、その先に築山《つきやま》のある庭が広がっている。

案内された座敷からは、青もみじが美しく見えた。

そして、金太郎の人形が床の間に飾られていた。

不気味ないわくに恐れるふうもなく、宗高は近寄ってしげしげと眺めはじめた。

高さも横幅も奥行きも五寸（約十五センチ）ほどの手頃な大きさの人形だ。「金」と書かれた菱形《ひしがた》の真っ赤《まっか》な腹掛けをし、右足をふんばり、左足と左手をはたっと前に出している。顔も身体もふくふくしており、いかにも健康そうだ。おかっぱの髪、切れ長の目、への字に食いしばった口元、赤っぽい肌、幼さの残る眉……文句のつけようがないほど凜々《りり》しく、とびきり愛らしい。

荒いのみの跡は一切なく、顔も身体もなめらかに仕上げられている。

金太郎人形の多くは土人形だが、瀬戸物で作られた上等なものもある。瀬戸物問屋の主《あるじ》なら、かなりの数の瀬戸物製の金太郎を見てきたはずだ。

その主が木彫りの古い人形をなぜ、あえて、家で最もよい場所である座敷の床の間に飾ろうという気になったのか。咲耶は不思議に思っていたのだが、この人形を見て、なるほどと納得させられた。

すぐに主の亀三郎《かめさぶろう》があらわれた。見るからに富裕《ふゆう》な商家の主人で、頭には白髪《しらが》が混じっているが、顔にはシワらしいシワもなく、つやつやと血色《けっしょく》がいい。

「わざわざご足労いただきまして……」

亀三郎はゆったり頭を下げると、ぱたぱたと団扇《うちわ》を使いながら、手際よく金太郎の涙について語った。

「眉唾《まゆつば》だと思われるかもしれません。ですが、正真正銘、真実でございます。人形が涙を流すなどということが、この世にあるとは思いもよりませんでした」

「ちょっと失礼いたしまして」

宗高は席をはずすと、床の間の前に座りなおし、再びじっと金太郎を眺めはじめた。

金太郎人形は男の子の誕生を祝い、健《すこ》やかな成長を願う五月人形の筆頭だ。

平安時代の武将・坂田金時《さかたのきんとき》にちなんだ人形でもある。幼いころから力が強く、熊《くま》と相撲《すもう》をとったという逸話《いつわ》を持つ金時の幼名が、金太郎だったのである。

後《のち》に、坂田金時は源　頼光《みなもとのよりみつ》の四天王《してんのう》のひとりとなり、源頼光らとともに、都で暴れまわっていた丹波国《たんばのくに》・大江山《おおえやま》の酒呑童子《しゆてんどうじ》に眠り薬入りの酒をのませ退治《たいじ》したことでも知られている。

「よい顔をしていますな」

「ええ。これほど品のいい顔をした金太郎人形は滅多《めった》にございません。……です
が、毎晩涙を流すような人形をいつまでもここに飾っておくことはできません。

といって、触ることもはばかられ、場所を移すこともできず、困り果てておりま
した」

そのとき、きょろっと金太郎の目が動いて、咲耶ははっとした。

じっと金太郎を見つめたままの宗高にじれたように、亀三郎が膝を進める。

「どうしたものでしょう」

「はぁ」

あいまいにうなずき、宗高は首をかしげた。それからひょいと金太郎人形を手
に取った。

「えっ⁉」

「ひぇっ！　さ、触った……」

亀三郎と花世が息をのみ、同時にのけぞった。

またきょろっと金太郎の目が動く。だが咲耶以外、誰も気づかない。見えてい

ない。

「む、宗高お兄様、お、お手にとるなんて……その人形は泣くんですよ。き、気持ちがあるんですよ……」

声をふるわせつつ、花世はじりじりと部屋の奥に座布団ごと退《しりぞ》いていく。

「触ってもなんともないが……ほら」

宗高は後ろに座っていた咲耶に金太郎を手渡した。

「あら、ずいぶん重い……」

見た目以上の重さに咲耶は驚いた。何という木でできているんだろう。赤みがあり、みっちりと締まった木肌が美しい。よく磨《みが》かれていて、しっとりとした光沢もある。

咲耶と金太郎の目が合った。金太郎はちょっと哀《かな》しげに目をつぶる。

「本当にかわいらしいお顔ですこと。ずいぶん、古いものなんでしょうね」

亀三郎は平静を保とうとするように、ごくりと唾《つば》を飲みこんだ。

「はぁ。骨董《こっとう》屋の主に見せましたところ、なんでも四、五十年はたっているだろうとのことで……」

それどころではない。咲耶の見立てでは、ざっと百年以上たっている。

「重くきれいな木でできていますねぇ」

「素材は花梨《かりん》という南洋材だそうで。黒檀《こくたん》ほどではありませんが堅《かた》い木だそうです。よほどの名人が作った人形だろうということでした」

主は咲耶の問いにすらすらと答えた。すぐに気持ちを立て直すところは、やはり大店の主だけのことはある。

咲耶が戻した金太郎をあらためて見つめて、宗高はしみじみとつぶやく。

「この人形が涙を流す……かぁ」

「い、意外でしょう、お兄様。麗《うるわ》しい娘を形どった博多《はかた》人形や京人形が泣くならともかく、元気印の金太郎が泣くなんて……ねぇ」

花世はあいかわらず、完全に逃げ腰で、隣の部屋との境のふすまに背をつけて、声だけをはりあげている。

「ですから、この人形を祓《はら》っていただきたいんです。そのために宗高さんにいらしていただいた次第でして。いわくつきの人形をこの家に置いておくわけにはまいりません」

いっこうに祈禱にとりかからない宗高に業《ごう》を煮《に》やして、亀三郎が若干《じゃっかん》、きつい調子でいった。

「はぁ」

それでも宗高はとりかからない。

よく見ると、宗高の目の縁《ふち》が赤かった。

「からくりでもないのに、涙を流すとは……何か悲しい思いを抱えているんだろう……」

宗高は咲耶にだけ聞こえるような低い声でつぶやいた。咲耶がうなずく。

「祓ってしまったら、何もわからなくなってしまいますね」

「……哀《あわ》れでならん」

ぐずっと宗高は鼻をすすりあげる。

「思いを聞いてやれたら、涙も止まるかもしれませんのに。それに……下世話なようではありますけど、私も、人形が涙を流すところを見たい気もいたします……」

うむと宗高がうなずく。

「何か……方策があれば……」

「お兄様！　早く祈禱をはじめてくださいましな！」

たまりかねたように花世が金切《かなき》り声を出した。

「そうでございます。早くお願いいたします」

亀三郎も声をあげてせっつく。

「……とりかかるとするか……」

宗高はしかたなく金太郎人形を床の間に戻した。

咲耶は家の者に頼み、塩や米、酒などを用意した。風呂敷から玉串などを取り出し、自分は額当をつけ、表衣をはおる。

「私どもも支度して参ります」

亀三郎と女房はいよいよお祓いの支度がはじまると、ほっとした表情で中座した。

宗高、咲耶、花世の三人が部屋に残された。花世は部屋の隅で緊張に身を固くして、準備に余念がないふたりをじっと見つめている。

咲耶は宗高に狩衣を着せながら、そっと耳打ちした。

「宗高さん、この人形ですけれど、うちでお預かりすることはできませんでしょうか。それなら、この場を祓えばいいだけではありませんか」

宗高がぽんと手を打つ。浮かない表情が消え、たちまち顔に生気が戻った。

「その手があったな。さすが咲耶だ。……そうしよう。いきなり祓うなんて、なんとも乱暴で、気持ちがついていかん。私がこれでは祈禱も通じないと思っていたところだった」

　すかさず花世が二人の仲をとがめるようにいう。

「いやだわ、内緒話なんかして……」

「そんなんじゃないよ。お花坊、祈禱のことだ」

　眉をよせて咲耶をにらみつけた花世を、宗高がさらりといなす。

　そのとき紋付き姿に着替えた亀三郎と女房が戻ってきた。祈禱の依頼者は正装と決まっている。

　狩衣に烏帽子で一段と男ぶりのあがった宗高は、亀三郎に向き直るとおもむろにいった。

「もしよろしければ、人形は私どもに持ち帰らせていただきたいのですが」

　油の抜けたような顔で亀三郎が宗高を見上げる。

「宗高お兄様、何をおっしゃるの？　人形を持って帰るなんて、そんな……信じられない」

　主が言葉を発する前に、花世が素っ頓狂な声をあげた。

「涙を流すだけで、別に悪さをしているわけじゃないし。な、咲耶」

「はい。こんなにもかわいらしい顔の人形ですし」

「よろしいんでございますか」

亀三郎はうかがうように尋ねる。

「ええ。ご心配でしょうから、この場はきちんと祓わせていただきます。それでこの人形の代金ですが、わずかなりともお支払いさせて……」

「何をおっしゃいます。持っていってくだされば、こちらも万々歳《ばんばんざい》でございます。どうぞどうぞ、お気遣いなくお持ちください」

そのとき、金太郎がほっとした顔になったのを咲耶は見逃さなかった。

亀三郎は茶簞笥《ちゃだんす》から木箱を出し、手渡す。

「これが、人形が入っていた箱でございます」

咲耶は受け取った箱に丁寧に金太郎を納《おさ》めた。

桐《きり》の箱に墨書《ぼくしょ》がされている。だが、あまりにも古く、文字は黒ずんだ木目になじんでしまっており、目をこらしても何が書いてあるか判別できない。

けれど、金太郎がそれなりの作品であることがわかる。墨書はどこで誰が作ったか、なんと名付けられた人形なのかを保証するものだからだ。

宗高が祝詞《のりと》をあげ、咲耶が鈴をふり、玉串をふり、場を清めた。

祈禱が終わるとすぐに、宗高と咲耶と花世は山崎屋を辞した。さっさと金太郎人形を持って帰ってほしいと、亀三郎の顔に書いてあった。

紙問屋の娘である花世は、供を連れずに町を歩くことはない。だが荒山神社についたときに、女中を帰してしまったため、宗高と咲耶で日本橋小舟町《こぶなちょう》の花世の家まで送らざるをえなかった。

祈禱の用具を入れた風呂敷包みを宗高が持ち、人形の箱を咲耶が持ち、伊勢《いせ》町堀《ちょうぼり》に沿って歩く。

伊勢町堀は日本橋川から続くかぎの手状の入堀で、米などの穀物《こくもつ》や、鰹節《かつおぶし》や塩などの乾物が運ばれてくる荷揚げ場が両岸に続いていた。あたりには横付けされた船から荷揚げする男たちの威勢のいい声が聞こえている。

「お兄様だけでいいのに……咲耶さんは結構なのに」

せっかく送ってやっているというのに、花世の減らず口が止まらない。

「帰り道ですからお気になさらず」

咲耶はつんと明後日《あさって》のほうを見た。

「……その人形、気味が悪くて……咲耶さん、ちょっと離れてもらえます？」

口をとがらせて責めるようにいった花世の草履の鼻緒を、ちょん切ってやろうかと思ったが、ぎりぎりのところでよしてやった。

◇◆◇◆

その晩、宗高は、金太郎が涙を流すところを見ると言い張って、床の間に飾り、あぐらを組んで向かい合った。咲耶も隣で付き合ったが、まもなく夜明けというときに、宗高はこくりこくりと舟をこぎだした。

肩に手をかけると、そのままこてんと倒れ、くうくうと気持ちいい寝息を立てている。声をかけても体をゆすっても、まぶたを閉じたままだ。風邪などひいてはかわいそうだ。咲耶は宗高に薄いかい巻きをそっとかけた。

そのときだった。

金太郎の目がきらりと光った。涙の粒が目に浮かび、ほろりと頬をつたう。

二粒、三粒、涙がこぼれ落ちる。

「なぜ泣くの？」

「何かつらいことがあるの？　よかったらわけを聞かせてくれない？」

だが何を聞いても、金太郎は口をへの字にしたまま答えなかった。

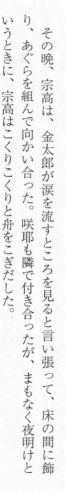

翌朝、宗高は朝餉《あさげ》を食べながら、しきりに首をかしげた。

「なぜだ、なぜふたりして眠ってしまったんだろう。ことに私は十年もの間、厳しい修行をしてきたのに。四十八滝を巡る滝行もしたし、険《けわ》しい山道を幾日も寝ずに歩き通したこともある。体力気力だけは誰にも負けないはずなのに……うっかり寝てしまったとは……宗高、一生の不覚だ」

「そんな大げさな」

宗高が落ちこみそうなので、咲耶も眠ってしまったことにしているが、宗高はどうしても納得がいかないらしく、ぶつぶつぶやき続けている。

「朝起きてはじめて、寝ていたことに気がつくなんて、どう考えても腑《ふ》に落ちないのだ。術でもかけられたか？」

「術？」

「ああ……そうとしか考えられんだろう。山崎屋の主と番頭も寝落ちした。私と咲耶もだ。金太郎が術をかけて眠らせたと考えれば、納得がいく。金太郎は泣くところを見られたくないのではないか」

こういうときの宗高は、めっぽう鋭《するど》く、しつこい。

見えない世界は宗高に決して見えないのに、いつか見えるようになると信じていて、夢中になってしまうからだ。

「金太郎の油断をついて、起きていることはできないものか……」

宗高はそれから七日のうちに三度も、徹夜に挑み、そのたびに眠ってしまい、朝になって地団駄《じだんだ》を踏むはめになった。

このところ宗高は四六時中《しろくじちゅう》、金太郎のことばかり話している。泣く理由を知り、金太郎が泣かないようにしてやりたいと何度もくり返す。

咲耶も金太郎に連日、話しかけた。

「話してよ。泣いているだけじゃ、わからないよ」

「知りたいの。せっかく一緒にいるのに、悲しがっているのがつらいのよ」

しかし金太郎はそっぽを向き、だんまりを決めこんでいる。

ある朝、宗高からもらった櫛《くし》を咲耶が髪にさそうとしたとき、何の予兆もなく、ぱりんと割れた。自然に割れたわけではない。

はっとして咲耶が金太郎を見ると、きょろっと目が動く。

金太郎の仕業《しわざ》だった。

ひとりでいるときに壊されたのであれば、術をかけて直してしまうところだが、宗高の面前で起こったので、そういうわけにもいかない。

「また買ってやるよ。もっといいやつを」

宗高の言葉はうれしかったが、金太郎は咲耶が大事にしている櫛と知って、やったに違いなかった。

これほど、力になるから泣いている理由を教えてくれと何度もくり返している咲耶に、子どもじみた嫌がらせをするなんて、どういうつもりだろう。

むかむかと腹が立ち、宗高が出ていくなり、咲耶は金太郎にかみついた。

「人が嫌がるとわかってやるなんて、あんまりよ」

金太郎は知らん顔でだんまりを貫《つらぬ》いている。

嫌がらせはこれですまなかった。咲耶が大事にしている湯呑や、豆皿をまっぷたつに割った。お気に入りの扇子《せんす》もばらばらにされた。

ここにいたり、咲耶もお手上げという心境になった。

◇◆◇◆

咲耶が金太郎に話しかけるのをやめて三日ばかりした日のこと。

「さ〜く〜や〜さん！」

ミヤと三吉が遊びにやってきた。ミヤは縁側から上がると、すたすたと床の間に近づき、金太郎をじっと見つめ、大声ですごんだ。

「あんた、付喪神《つくもがみ》でしょ！」

作られてから百年たった道具には魂《たましい》が宿り、人の心を惑わす付喪神になるといわれる。一本足でぴょんぴょん飛んで歩く唐傘《からかさ》おばけ、一つ目で長い舌を出した顔の提灯《ちょうちん》おばけも付喪神の仲間だ。人形や木彫りの動物には付喪神になるものが多いともいわれる。

もちろん咲耶は金太郎が付喪神であることに、ひと目見たときから気がついている。

「なんで付喪神の金太郎がここにいるの？」

ミヤは首をひねり、ふっと笑った。

「わかった！　伊勢町の瀬戸物問屋の山崎屋にいた、涙を流す木彫りの金太郎って、あんたのことでしょ」

金太郎はぷいっと横を向いたが、ミヤは容赦《ようしゃ》しない。

「ねぇ、なんで泣いてんの？　理由を教えてよ。人形が泣くなんてよっぽどのことでしょ」

どんなにしつこく聞かれても黙っている金太郎にじれたのか、ミヤは金太郎人形をぐいっとつかんだ。

「これ以上、知らんぷりしていたら、壊してやるから」

「姉ちゃん、やめなよ」

三吉があわてて止めに入った。壊されると付喪神は消えてしまうのだ。

「泣いてるじゃないか」

金太郎の目に涙が盛り上がっている。涙が頰をつたったと思いきや、ほろりほろりと止まらなくなった。

「あら、ほんと。わ。泣いてる。涙がぽろぽろだ」

ミヤはさもおもしろそうに、金太郎の顔をのぞきこむ。

「あたい、付喪神が泣くところ、はじめて見た！」

「だから、姉ちゃん、そのいい方、やめろって」

「いい子だから泣かないで」

咲耶も慰《なぐさ》めにかかったが、いったん泣きだした金太郎の涙が止まらない。

「付喪神といっても、金太郎は元が子どもだからねぇ」

自分も子どものなりをしている三吉がいう。

「泣いてごまかそうなんて、あたいには通じないよ。あたいは本気。理由をいいなさい。いわないなら、壊す。壊すっていったら壊すんだから」

だがミヤは合点《がてん》しなかった。

そのときだった。

「けったくそ悪いやっちゃな、この化け猫は！」

甲高《かんだか》い男の子の声が金太郎からもれ出た。

「あ、しゃべった」

「こんな声してたのね」

三吉が目を丸くし、咲耶はぽかんとあいた口を手で押さえた。

だがミヤは金太郎をにらみつける。

「何、そのおかしな言葉、上方《かみかた》言葉？　あんた、西から来たの？　今、なんていったの？　くそとかなんとか、あたいの悪口だよね。だったら」

金太郎をミヤがぶん投げようとした寸前、宗高が戻ってきたのが幸いだった。

「おっ。ミヤと三吉、来てたのか」

ふたりは殊勝《しゆしよう》にこんにちはと挨拶する。

「その金太郎……かわいい顔をしているだろう」

「顔はね。でもその実《じつ》は、性悪《しょうわる》のつく……」

へらっといいかけたミヤに、三吉が思いきり肘鉄《ひじてつ》をくらわす。

「いたっ！　何すんのよ」

ミヤは目をむいて、三吉の頭をぴしゃりとはたき返した。三吉は頭を押さえながら、宗高にいった。

「涙を流すって咲耶さんから今聞いて……早く泣いている理由がわかるといいですね」

宗高がうなずいた。

「ふたりとも優しいな。だが、姉弟《きょうだい》げんかはいかんぞ。仲良くな」

着替えのために隣の部屋に宗高が行くと、ミヤは金太郎を再びつかんだ。

「宗高さんのおかげで、命拾いしたわね。でもよく憶《おぼ》えてなさい。あたいの悪口をいったら、この世からおさらばすることになるって。あたいはやるといったらやるんだから」

ミヤは低い声で、金太郎の耳元にすごむと、あきれ顔の三吉と帰っていった。

「咲耶、これを見てくれ」

ふたりが帰ると、宗高は座敷に戻ってきて、黒く小さいものを取り出した。

「やっと出来上がったんだ！」

満面の笑顔で、宗高は咲耶の手のひらにそのかたまりをのせる。顔を近づけて見ると、木を削《けず》り、色を塗ったもので目や口も描いてある。

「え〜っと何？　猫かしら？　それとも犬？」

「惜しいっ！」

「な、なんだろう」

「熊だよ！　くま！　金太郎の相棒の」

「く、熊ですか⁉」

徹夜で金太郎を見張るのを断念した宗高は、このところ暇を見つけては社務所や縁側で熱心に木を削《けず》っていた。咲耶はてっきり宗高が爪楊枝《つまようじ》でも作っているのかと思っていた。熊だったとは。

「……金太郎が寂しそうに見えてな。相棒の熊がいたら、少しは気持ちが晴れるんじゃないかと思ったんだ。熊には強く育ってほしいという想いがこめられているというし」

宗高は続いて、細長い何かを、咲耶の手のひらにのせる。

「これは……？」

「まさかりだよ。金太郎の。あの金太郎の右手を見ろよ。何かを握っているような形をしているだろ。もともとはまさかりをかついでいたはずなんだ」

宗高は金太郎の隣に熊をおき、その肩にまさかりのようなものをかけてやった。空《から》だった右の手のひらに、柄《つか》の端がすっぽりとおさまる。

金太郎の表情がふっと和《やわ》らいだように見えた。


それが気のせいでないとわかったのは翌朝だった。

金太郎の足元は涙で濡れていなかった。

宗高の喜びようといったら、尋常ではなかった。

「寂しかったんだな。相棒がほしかったんだな……」

ぐすぐすと涙ぐみながら、何度もくり返し、宗高は金太郎の頭をなで続けた。

ようやく宗高が神社の務《つと》めに出かけると、金太郎のほうから咲耶に話しかけてきた。

「ええお人やな、だなはんは」
五、六歳の男の子の声だ。
「そう。いい人なの」

宗高のことをほめられて、咲耶は我が意を得《え》たりという気持ちになった。

「熊とまさかりを作ってくれなはった。わしがいちばんほしかったもの、なんでわかったんやろ」

「あの人、ぼーっとしているようで察しがいいところがあるの」

金太郎は口をひきしめうなずく。

「おったんや。生まれたときからずっと一緒で、一緒に付喪神にもなった相棒の熊が……」

ぽつりぽつりと金太郎は話しはじめた。

「わしと熊は、船場《せんば》の船宿にやっと授かったぼんさんのために作られたんや。そりゃあ、繁盛《はんじょう》してる船宿で……ぼんさんが生まれてご隠居さんがえろうよろこびなはって、当代一の彫り師に頼んでくれはったんや。材料もええものをつこうて、家宝になるような金太郎を作ってくれって」

「そうだったの。じゃ、ずいぶん大事にされていたのね」

「せや！」

ちょっと金太郎が胸を張る。

「ごりょんさん、船場って知ってなはるか？　江戸のお人は知らんかなぁ」

「船場なら、もちろん知ってるわよ。堂島《どうじま》と並んで、大坂の商いの中心でしょう」

金太郎は驚いて目を見はった。

「見かけによらず物知りやな」

「私、生まれと育ちは京なの」

「ほんまかいな」

「大坂にも連れて行ってもらったことがあるわよ。船場には大きな川があるでしょ。船がひっきりなしに行き交《か》って、その川縁《かわべり》には、料亭、両替商、呉服店、金物店など大きな店がぎっしり並んでいて……」

「大川《おおかわ》や。うれしなぁ。ここで船場の話ができるとは思わんかった。うちの船宿も大川ぞいにあったんやで。せやさかい、江戸はもちろん、近江、京、堺《さかい》、九州や四国からも人が来ては泊まっていきよった」

ぼんさんは色白のおっとりした子で、相棒の熊と金太郎に「はっけよい、残った」と相撲ごっこをさせたりして、よく遊んだという。

「ぼんさんが大人《おとな》になり、船宿の主となっても大事にしてくれてな……その子どもも孫も、わしと熊と遊んでくれはった……けど」

ぼんさんが大往生し、孫たちも大きくなって、小さな子どもがいなくなったとき、金太郎の居場所は座敷の床の間から、客が泊まる部屋へと変わった。

しばらくして金太郎人形が気に入ったので、どうしてもゆずってほしいという客があらわれた。

「伊予《いよ》のお人でな。孫の誕生祝いにわしを贈りたいと、そりゃあ熱心に頼みはって……」

熊と共に、金太郎は南予《なんよ》に連れて行かれたという。

そこでも金太郎は何代も続けて、小さな男の子たちの遊び相手となった。

「冬でもあったかくて、人ものんびりおっとりしていて、ええとこやった」

だがそこから金太郎の流転《るてん》がはじまる。家に出入りしていた男が、金太郎と熊を出来心で盗んだからだ。

「なんでそんなことしなはったのか。盗んでも、家になぞ飾られへん。狭い町中やさかい、飾っとったら、盗んだことがばれてまうからなぁ。わしらはずっと箱に入れられて、気がつくと讃岐《さぬき》の骨董屋の店先に飾られていたんや」

値段が高かったのか、なかなか買い手がつかなかった。

「子どもがおるお客がこうてくれはらんかなぁと、よく熊と話しとった。わしらは、かわいがられて、遊ばれてなんぼの人形やさかいな」

やっと買い手がつき、九州に渡ったときは、熊と手を取りあってよろこんだという。

「伊万里津の船主の家やった。そこにもぼんさんがいてな、わしと熊と遊んでくれはった」

そんなある日、親戚の子どもが遊びに来て、何に腹を立てたかわからないのだが、熊と金太郎を投げつけた。熊は割れ、金太郎のまさかりも壊れた。

付喪神となっていた熊は最後に「楽しかったなぁ、ほなな」と金太郎にいい、物言わぬ木に戻った。

「ぼんさんが泣いてくれはった……。ええヤツやったんや、あの熊。相撲は強いし、男気もある。器量《きりよう》もぐんとよく、話もおもろくて、よう笑かしてくれた。……でも壊れたらしまいや……ぼんさんは壊れた熊を神社に持っていってお焚《た》き上げしてもろてくれはった。ありがたかったで。けどな、わしは悲しゅうて寂しゅうて……わしも壊れてこの世から消えたいと思ったほどやった」

まさかりと熊を失った金太郎は箱に入れられ、蔵の奥にしまわれた。

長い間、箱に入れられたまま、存在さえも忘れられ、金太郎は、言葉を聞くことはできても、話すことを忘れていたという。

「何度も話しかけたのに答えてくれなかったのは、それだからなの？」

　こくりと金太郎がうなずく。

「あの化け猫が……むちゃくちゃなこといいよったから、頭に血ぃのぼって、言葉が戻ってきよった」

「ミヤも役に立つことがあるのね」

　咲耶が苦笑すると、金太郎は露骨にいやな顔をした。

「金太郎が、金ちゃんがミヤに壊されないように気をつけるね。新しい熊も」

　こくんと金太郎がうなずく。それから目をふせ、頭を下げた。

「……湯呑みや櫛、壊してしもて……すんまへん」

　壊れたら消える付喪神が、咲耶が大切にしていた道具、すなわちかつての自分と同じようなものを壊したというのは自暴自棄になっていたせいなのか、それとも後先考えない性分《しょうぶん》なのか。どちらでもあるのかもしれない。

「もうやらないでね」

　幾分強い調子で咲耶は金太郎にいった。

「やりまへん」

「だったら許してあげる」

「……おおきに」

「もう寂しくないからね。新しい相棒の熊もできたし、これからはあたしもミヤも三吉もいるから」

するとと、金太郎は目をむいた。

「ミヤは堪忍《かんにん》でっせ。あの化け猫はすかんわ。いらちで、えらいいちびりや」

気が短く、すぐにやかましく騒ぎ立てるミヤの本質を金太郎はすぱっと言い切った。

咲耶はちょっと考えて、やっぱり金太郎にいうことにした。

「ひとつ忠告しておくわ。ミヤの前では絶対にそういうことは口にしないこと。無事ではすまないから。上方言葉は知らなくても、悪口かどうかはあの子、すぐにわかるの」

「……難儀やな」

金太郎は悔しそうな顔でうなずく。

「……この家に、子どもがいないのが寂しいなぁ。子どもがおれば、楽しいのになぁ」

ひとりごとのように金太郎は続けた。

◇◆◇◆

自分が作った熊とまさかりのおかげで、金太郎が泣かなくなったことがうれしいらしく、このところ宗高はご機嫌続きだ。

「金太郎の声にならぬ声がわかったとは……これも修行のたまものかもしれん」

一日に何度も金太郎の前でくり返す。

最初はにこにこ笑って聞いていた金太郎だが、あまりのしつこさに苦笑いも消え、今では迷惑そうな仏頂面《ぶっちょうづら》だ。その表情が宗高には見えないのが幸いである。

「何代もの子どもたちに大切にされてきたんだろうなぁ。こんなかわいい顔の金太郎、見たことないもんなぁ。よかったな、相棒の熊ができて」

その晩も、宗高は満足そうにつぶやいた。

「どんな子どもたちにかわいがられたんだろうな、この金太郎」

ごろんと横になり、宗高は肘枕《ひじまくら》をしながら金太郎を見つめている。

「ずいぶん古いものだから、最初に遊んだ子どもは、おじいさんになってるかもしれなくってよ」

金太郎によると、その子はもうこの世にいないといっていたが。

「……じいさまやばあさまでも、子どものときはあるからな」

「そうなのよね。……宗高さんはどんな子どもだったのかしら」

「どっちかっていうとおとなしかったらしい。ま、がんこなところもあって、たまには叱《しか》られた」

「かわいかったでしょうね」

「普通だ普通。咲耶は？」

「私は野っ原を走りまわるのが好きだったかな。草や花を摘《つ》んで、おままごとをしたり。夕方遅くまで遊んでいて叱られるのもしょっちゅうだった」

「見たかったな、子どものころの咲耶」

「私も、子どものころの宗高さん、見てみたい」

くすっと顔を見合わせて笑う。

「宗高さんは子どもみたいなところあるよね」

「子どもみたいなところってなんだよ」

宗高はちょっとムキになった。

「……純なところ」

咲耶がつぶやき、宗高がくすぐったそうな顔になる。

「それをいうなら咲耶もだろ」

「宗高さん、子ども、好きでしょ」

「好きだよ。咲耶もだろ」

「ええ。大好き！　……ね、子どもができるとしたら……男の子と女の子どっちがいい？」

宗高はくるっと目を回した。

「おれたちの？」

「ええ」

まじめな顔をして考えこんだ宗高を、咲耶は身を乗りだして見つめる。やがて宗高は腕を伸ばした。

「ん～、今は咲耶だけいればいいかな」

咲耶の腕をつかみ、宗高がぐっと引き寄せた。

金太郎が見ていられないとばかり、目を閉じた。

第三話：天狗《てんぐ》守る社《やしろ》

◇◆◇◆

「どこにある？　なんで見つからないの……」

咲耶《さくや》は朝から家捜《やさが》しを続けている。

数日前まで、江戸は長雨だった。

くる日もくる日も、雨がしとしとと降り続き、町全体が灰色の雲に包まれたかのようだった。

耳にするのはただ雨音だけで、外も家の中もどんより薄暗く、じめじめして、ついに本宅の台所の柱にカビが生《は》え、姑《しゅうとめ》のキヨノは頭に血をのぼらせた。

ようやく雨が明けると、一転、お天道様《てんとさま》がかっと照りつけた。

油日照《あぶらひで》りの江戸の夏のはじまりだ。

これじゃ、身体がついていかないと、年寄りの氏子《うじこ》たちがしきりにぼやくのも無理はない。若い者でも暑さに慣れるには数日はかかる。

今朝《けさ》も明け方から蟬《せみ》の声が聞こえ、すでに汗ばむほど暑い。

三日前、本殿で祈禱《きとう》を待つ氏子のために、咲耶が神楽鈴《かぐらすず》などを準備をしているときに母・豊菊《とよぎく》があらわれた。

　忙しいので相手ができないと咲耶が断っても、荒山《あらやま》神社の生業《なりわい》など屁《へ》とも思わぬ豊菊は、消えてはくれなかった。結局、豊菊のおもしろくもない皮肉にさんざんつきあわされ、祈禱の準備はずるずる遅れ、なかなか戻ってこない咲耶を心配して迎えにきた宗高《むねたか》と豊菊が、あわや顔を突きあわすところだった。

　二日前は、キヨノが来ているときに豊菊があらわれ、さすがに柱の陰に隠れてくれはしたものの、キヨノがものをいうたびに「ククククク」「ケケケケ」「カカカカ」と「かきくけ」語の笑いを連発し、しまいにはキヨノが「この家にはキツツキがいる」といいだした。

　キヨノは宗高に、キツツキ捜索を命じ、そのどさくさの中、気がつくと豊菊は帰っていたのだが、昨日も「キツツキは見つかりましたかいな」とへろっと顔を出した。

　京に住む豊菊が、江戸の咲耶の元に自由自在にあらわれるのは、豊菊が暇《ひま》をもてあましているのと、この家に仕込んでいる式札《しきふだ》のせいだ。

　咲耶と宗高が祝言《しゅうげん》をあげたときに届いた豊菊からの祝いの中に、式札が仕込まれていた。祝いの京焼きの夫婦茶碗《めおとぢゃわん》を咲耶が手にとった瞬間、茶碗を包んでいた紙がばらばらに千切《ちぎ》れて、式札となり、家中に飛び散ったのだ。

人の形をした式札には、陰陽師《おんみょうじ》の命令で自在に動く式神が封じこめられている。京にいる豊菊が揚羽蝶《あげはちょう》や自分の姿でうろうろできるのも、依《よ》り代《しろ》にする式札が荒山神社の咲耶の家に仕込まれているからだ。

式札がなければ、豊菊は念を送ることができない。

そこで咲耶は式札を一掃《いっそう》すると一念発起《いちねんほっき》し、家捜ししているのだが、豊菊がご丁寧に式札に隠れの術をかけているため、咲耶の力をもってしてもなかなか見つからない。

「あった」

やっとのことで咲耶は茶箪笥《ちゃだんす》の後ろから一枚の式札を見つけた。

「あと九十九枚はあるで。おばはん、来るたびに仕込んでいきなはるから」

金太郎《きんたろう》がぼそっという。

金太郎は作られて百年以上たち、付喪神《つくもがみ》となった人形だ。

相棒の熊《くま》と、愛用のまさかりを宗高に作ってもらって以来、元気を取り戻し、よくしゃべるようになった。

咲耶は腰に手をあてて、金太郎の顔をのぞきこむ。

「金《きん》ちゃん、見てたのね。あの人が式札をばらまいたのを」

「それが人にきく態度か？」

「いいから教えて」

「へえ、見ておりましたわい」

「どこに仕込んでた？」

「さぁな」

「白状《はくじょう》するまで、ここを動かないわ！」

「白状て人を罪人みたいに……わかってたら教えてやるがな。……けんどあのおばはん、わしに忘却の呪文《じゆもん》をかけていきよったん」

金太郎がかわいい顔の眉間《みけん》にシワをよせる。

「忘却の呪文？」

「おばはんがばらまいたのだけは憶《おぼ》えとる。その先は霞《かすみ》の彼方《かなた》や。わしに気がついたんやな。さすがや」

「んもう。……そういうことは抜け目ないんだから」

手にしていた式札を、力をこめてぐるぐると丸め、咲耶はごみ箱にばしっと叩《たた》きこんだ。

がらっと入り口があく音がして、ばたばたと宗高が駆けこんできたのはそのときだった。

「咲耶！　大変だ」

いつもはおっとりぼーっとしている宗高が、興奮で顔を赤くしている。

「ど、どうしたんですか」

「賽銭箱《さいせんばこ》が壊された！　賽銭泥棒《どろぼう》の仕業《しわざ》のようだ」

宗高が本殿の掃除をし、塩やご飯などをお供えし、朝の祝詞《のりと》をあげおえたところに、氏子のウメが「賽銭箱が壊されている！」と叫《さけ》びながら飛びこんできたという。

ウメは社務所《しゃむしょ》での茶呑み話を楽しみに連日、通ってくる氏子のひとりだ。下駄《げた》屋の隠居のウメは、喜寿《きじゅ》（七十七歳）も過ぎていて、ひ孫や玄孫《やしゃご》までいる。お茶屋の隠居のマツ、せんべい屋の隠居のツルと仲が良く、氏子の間では仲良し三婆《さんばば》と呼ばれていた。

宗高とともに咲耶があわてて駆けつけると、ウメ、マツ、ツル、それにキヨノと舅《しゅうと》の宗元《むねもと》が呆然《ぼうぜん》とした表情で、賽銭箱を取り囲んでいた。

荒山神社の賽銭箱は、横幅四尺（約一二〇センチ）、奥行き一尺半（約四五センチ）、高さ三尺（約九〇センチ）の、大きくもなく小さくもないありふれた代物《しろもの》だ。

　真ん中に向かって二枚の板が斜めに取りつけられ、賽銭が下にすべり落ちる仕組みで、上には手を入れられないように細い木の桟《さん》が等間隔に渡されている。裏側の扉をあけて賽銭を回収するのはキヨノの役目で、そこには分不相応《ぶんふそうおう》な大きな錠前《じょうまえ》がつけられている。

　木槌《きづち》のようなものでぶっ叩いたのか、上の桟の何本かは無残《むざん》に折れていた。錠前には乱暴にこじあけようとした跡があり、鍵穴《かぎあな》はへしゃげている。

「頑丈な錠前をつけていたから」

「賽銭は無事だったけど」

「賽銭箱は、おしゃかだね」

　三婆が口々にいって、ため息をもらした。

「賽銭に手を出すなんて、罰当《ばち》たりな。天罰《てんばつ》がくだりますぞ」

　キヨノは目を三角にし、口から泡を飛ばさんばかりだ。

「賽銭箱と錠前の修理代は、中のわずかな賽銭よりもかかりそうだな」

　さらりといった宗元を、キヨノはキッと見る。

キヨノの夫で宗高の父である宗元は、宗高が修行から帰って以来、楽隠居を決めこんで、三度の飯より好きな囲碁漬《いご》けの日々を送っている。

毎朝、女中のおはまに作ってもらった握り飯を持ち、そそくさと出てゆき、囲碁仲間の家に夕飯ぎりぎりまで入りびたっている。

「しかしなんだな、わしがおるときにこんなことが発覚するとは……」

さっさと囲碁友の家に行っていたら事件に巻きこまれなくて面倒がなかったといわんばかりに、宗元がぼやいた。

宗元は美男だった。切れ長の二重《ふたえ》、すっと通った鼻筋、引き締まった口元。六尺（約一八〇センチ）近い背丈はそれだけでも人目をひかずにおかない。

若いころは人気役者もかくやというありさまで、町を歩けば女たちが黄色い声をあげ、付け文は引きも切らなかったらしい。キヨノもその口で、持ち前の押しの強さで、多くの女たちをはねのけ、女房の座におさまった。

額《ひたい》ははげあがり、ほぼ白髪《しらが》の髷《まげ》も細くなってしまったが、宗元は今も見ようによってはなかなかのもので、腹も出ていない。

以前、大木屋の長左エ門《ちょうざえもん》が、荒山神社の神主《かんぬし》は代々ぼんくらだといったが、それはひとえにこの宗元のせいともいえる。

人がやれることは人にやってもらい、明日でもいいことは明日にまわし、明日は明日の風が吹く、どこまでいっても明日があるという考えの持ち主なものだから、宗元が取り仕切っている間は、この神社の評判はかんばしいとはとてもいえなかった。

美人は三日で飽きるといわれるが、キヨノもそうだったのではあるまいか。見かけは抜群《ばつぐん》でも、自らは動かず、人からいわれてもやっぱり動かず、囲碁以外のことは極力やろうとしない。無責任が歩いているような宗元に頼っていたら神社が立ちゆかないのは明らかで、キヨノはひとり奮起《ふんき》し、ついに何から何まで仕切るようになったのではないかと、咲耶はひそかに推察している。

だが、宗元は決して悪い人ではない。

己に何かを為《な》す才覚と欲がないのを自覚しているので、虚勢《きょせい》を張るということがない。関わりたくないという理由からだろうが、事を荒立てることもないし、怠《なま》け者やぼんくらといわれても、意に介《かい》さない。人を陥《おとしい》れることもない。人畜無害《じんちくむがい》なのだ。あてにさえしなければ。

「賽銭箱は壊されたけれど、何も盗まれておりません。さて、どういたしましょうか」

宗高はいちおう父親の宗元の意見をあおいだ。

宗元は顎《あご》をなで首をかしげる。

「何もとられてはいないしなぁ。……わざわざ届け出るのも面倒だな」

他人事《ひとごと》のようにいった宗元に、次の瞬間、キヨノの雷《かみなり》が落ちた。

「何をおっしゃる。こういうことはきちっと届け出るのが筋《すじ》でございます」

届けるといっても、ここは神社であり、岡《おか》っ引《ぴ》きに話をすれば動いてくれる町《まち》奉行《ぶぎょう》の管轄《かんかつ》ではない。寺社《じしゃ》奉行所は寺社奉行を拝命《はいめい》した旗本の屋敷内に置かれ、敷居も高い。

とてもこんなちっぽけな事件で寺社奉行が動いてくれるとも思えない。

「……おまえ、行ってくるか、奉行所」

宗元がしゃらっと宗高にふった。

「私がですか」

「頼む」

神主と長屋の差配人《さはいにん》の仕事一切を引き受けている宗高に向かって、連日、囲碁しかしていない宗元がきっぱりという。

「しかし……今から祝詞を……」

父親から二度も頼まれれば、宗高はうなずくしかない。

「わかりました。朝の祝詞をあげましたら、すぐに」

「そうと決まったら、ちゃっちゃとな。今日の祝詞は短くていいぞ」

朝の祝詞を宗元が代わってくれるなんて、誰も期待していないが、こうも堂々といわれて、さすがの宗高も少しばかり鼻白《はなじろ》んだ。

だいいち、祝詞を短くはしょることなどできはしない。

「咲耶、あなたも奉行所に同行なさい。宗高は人がいいから、たいしたことがない事件として処理されかねません。賽銭箱と錠前を新調すれば一両ではきかない銭《ぜに》がかかるのですから、被害甚大《じんだい》だときっつく述《の》べてくるのですよ」

キヨノはきつい表情で、まるで咲耶は人が悪いかのようないい方をした。

キヨノと宗元、このふたりから、どうして、まっすぐに伸びる青竹のような宗高が生まれたのか、育ったのか、この世の七不思議のひとつだと咲耶は思う。

それにしても行く前から無駄足になることがほぼわかっているのに、わざわざ寺社奉行所に出かけていかなければならないのは、正直気が重かった。

◇◆◇◆

「私ひとりでいいのに。すまんな。咲耶」

家を出たのは五ツ半（午前九時）を過ぎていた。寺社奉行の屋敷は、江戸城最寄りの西《にし》の丸下《まるした》にある。

「お天気もいいですし、宗高さんと町歩きと思えば」

「確かに、天気は上々だ。……いや、上々すぎる」

ぎらぎらと照りつける太陽を見上げながら宗高がつぶやく。

道の遠くに目をやると、大地が熱せられているせいか、陽炎《かげろう》らしきものがぼんやり浮かんでいて、それを目にするだけで頭がくらくらする。

暑さのせいか人通りは心なしか少なかった。荷車を押す者や棒手《ぼて》ふりは額に汗をびっしょり浮かべ、半纏《はんてん》の背中に濃く丸いしみを作っている。

ふたりは日陰を選びながら歩いた。それでもたちまち汗が噴き出してきた。

大伝馬町から本町に入ったところで、風鈴《ふうりん》売りに人が集まっているのを見つけた。風に吹かれて、何十という風鈴がちりんちりんと涼《すず》やかな音色《ねいろ》を奏《かな》でている。

『売り声もなくて　買い手の数あるは　音に知られる風鈴の徳』

流行《はや》り歌をつぶやき、宗高は足を止めた。

咲耶は風鈴の澄んだ音を聞くだけで、汗がすっとひくような気がした。ガラスには、朝顔や花火、千鳥《ちどり》や赤富士など色鮮やかな絵付けがほどこされていて、目にも楽しい。

「どれがいい？」

宗高がそういって、咲耶の肩に手をおいた。

「この真《ま》っ赤《か》な朝顔かな」

「これか？　かわいらしいな。咲耶みたいだ。よし」

懐《ふところ》から銭を出そうとした宗高を、咲耶はあわてて止めた。風鈴をちりんちりん鳴らしながら、寺社奉行所の門をくぐるわけにはいかない。

そのとき、ふいに声をかけられた。

「宗高さん、お安くないね」

ふり返ると、このあたりを縄張《なわば》りにしている岡っ引きの友助《ともすけ》が立っていた。

「お疲れ様でございます」

咲耶はねぎらいの言葉をかけ、頭を下げた。

友助は両親と女房とともに小さなそば屋を営《いとな》んでいる三十過ぎの男だ。といってもそば屋のほうは家族まかせで、友助はもっぱら岡っ引きとして町を飛びまわっている。

そのせいか、小柄だが筋骨《きんこつ》たくましく、真っ黒に日焼けしていた。鼻の右脇に大きなほくろがあるので、ほくろの親分と呼ぶ者もいる。暑さしのぎのためか縞《しま》の着物の尻をはしょって、両袖を肩までたくしあげていた。

「ふたりで風鈴を吟味《ぎんみ》したりして、のどかだねぇ。……まさか賽銭が盗まれたなんてこと、ねえよな」

友助は宗高の顔色を窺《うかが》うようにいった。

ずばり言い当てられ、驚きのあまり、宗高が目をしばしばさせると、友助は首にまいた手ぬぐいで顔の汗をつるりと拭いて語気荒くいう。

「やっぱりな。この道を行けば西の丸下に続く常盤橋御門《ときわばしごもん》だ。……いつ、やられた?」

「……さっき、氏子が気づいて……」

友助は訳知り顔で、銭箱泥棒が横行しているといった。

「このひと月の間に、ここいらの神社が軒並《のきな》みやられてるぜ。おいらが知ってるだけでも……」

友助は六つの神社の名前を列挙した。みな、荒山神社から歩いて半刻《はんとき》（約一時間）もかからぬところにあり、大きな神社もあれば小さな神社もあった。

「で、いくら盗《と》られた？」

「実をいうと銭はとられていないんです。ただ賽銭箱と錠前が壊されたものだから、今から寺社奉行所に届けに行くところで……」

「行くだけ無駄だ、無駄足だ」

友助は首と手を横にふった。

賽銭を盗まれた神社はみな寺社奉行所に届けを出したものの、奉行所が動く気配は皆無《かいむ》だという。

真《ま》っ青《さお》な空をまぶしそうに見上げて、友助は続ける。

「なんせ寺社奉行所はすべての寺社から陰陽師《おんみようじ》まで統制してっからなぁ。わずかばかりの賽銭泥棒の探索なんかで、おいそれと動いちゃくれねえって。で、みな、おいらに泣きついてきたわけだ。といっても、おいらたちは、管轄違いで手が出せねえ。寺社奉行には町奉行は頭があがらねえし」

寺社奉行は将軍直属であり、譜代《ふだい》の大名から任ぜられる。老中《ろうじゆう》所管に過ぎない勘定《かんじょう》奉行や町奉行とは格が違った。

寺社奉行は、大坂城代《おおさかじょうだい》や京都所司代《きょうとしょしだい》、ひいては老中といった最高権力者へ駆けのぼることもできる、出世街道が約束された役職である。

「賽銭箱が壊されたのは、運が悪かったとあきらめるんだな。幸《さいわ》い、銭は盗まれてねえんだし」

咲耶の脳裏《のうり》にキヨノが目をつりあげた顔が浮かぶ。だが、岡っ引きがそういうならひき下がるしかない。

「……それで、鳥居に何か貼《は》りつけられてなかったか」

友助が宗高の肩を引き寄せ、意味ありげに聞いた。

「何も」

宗高が首をふると、友助は低い声で続ける。

「賽銭を盗まれた六つの神社の鳥居には、ヤツデの形の紙が貼りつけられてたんだ。『天狗連《てんぐれん》参上』と書かれた紙がな」

それらしいものは見なかったと宗高がいうと、友助は腕を組んだ。

「じゃあ、また来るな。やつらは狙った獲物は逃がさねぇ」

「狙った獲物って……」

「し損《そこ》なったままにしねぇんだ。おたくと同じで一度めは賽銭箱を壊されたって神社は他にもある。けど結局はまた入られて盗られちまった。……なんだな、やつらは道場破りが看板をとっていくみてえに、天狗連参上という貼り紙をしていくってえ寸法《すんぽう》だ」

「盗人《ぬすっと》が天狗連を名乗っているんですか」

咲耶は友助に聞き直さずにいられなかった。

「ああ。天狗の持ち物といえばヤツデの葉だ。で、ヤツデ形の紙を貼りつけていくわけだ」

「……なんてことを……」

天狗を名乗るとは盗人猛々《たけだけ》しいにもほどがあると、咲耶は唇《くちびる》をかんだ。

天狗は山の神様のようなものだ。

赤い顔、高い鼻、背には翼、金剛杖《こんごうづえ》に太刀《たち》やヤツデの団扇《うちわ》を持ち、自在に空を飛びまわる。山の天候を変えることもできるし、大風を起こすこともできる。人をさらいもするが迷子を見つけもする。

賽銭泥棒なんてけちな悪党が、あだやおろそかに名乗っていい名前ではない。

「とにかく賽銭箱には今後、気をつけたほうがいい。おいらたちも目を光らせとく」

友助が右手を上げて、通りを去っていく。

ふたりは顔を見合わせた。宗高が眉《まゆ》を上げる。

「行き先変更だ。とりあえず賽銭泥棒にあった神社に話を聞きに行こう」

友助が名をあげた神社を回ることになった。


でっかい錠前をつけていたために賽銭箱をめちゃくちゃに壊されてしまったところもあれば、錠前なしのために賽銭箱は無事だった神社などいろいろだった。友助の言った通り、どこの鳥居にも天狗連参上と書かれたヤツデ形の紙が貼りつけられていて、それが神主たちの怒りに火をつけていた。

そして最後に訪ねた神社の神主から、ふたりは念を押された。

「必ず次がある。お気をつけなされ。うちは二度賽銭箱を壊されたものの銭は盗られず、これであきらめてくれると思っていたら三度目に賽銭箱ごとやられたんですから。荒山さんは、このごろ実入りもいいと評判ですからな」

帰宅し、事の顚末《てんまつ》を報告しに、本宅を訪ねた宗高と咲耶を、宗元とキヨノが雁《がん》首《くび》そろえて迎えた。

宗元が露骨《ろこつ》につまらなそうな顔をしているのは、囲碁仲間の家に出かけるのをキヨノに阻止されたからだろう。

寺社奉行所に訴えたところで動いてもらえないという友助の言葉を伝えると、宗元はそれ見たことかという表情になり、キヨノはみるみる渋い顔になった。

さらに、このあたりの神社が軒並み泥棒に入られていて、一度狙って失敗したところは必ず次回があるらしいという話をすると、キヨノの顔の影が濃くなった。

「次がある……？」

「はい。早急に賽銭箱を新調せざるをえないと思っておりましたが、しばらくはこのまま様子を見たほうが賢明《けんめい》かもしれません」

「そうね。また壊されでもしたら……」

ぶるぶるとキヨノは顔を横にふり、それから咲耶を見すえた。

「あなた、しばらくの間、寝ずの番をしてはどう？」

「わ、私が、寝ずの番、ですか」

目を丸くした咲耶をかばうように宗高が口を開く。

「母上、咲耶はか弱い女人《にょにん》です。盗賊に襲われたらどうします？　寝ずの番をやるとしたら、私か父上でしょう」

「そんな。宗高さんは朝から晩までお務《つと》めがあるじゃありませんか」

咲耶が宗高の肩を持つようにいう。

「では父上ですか」

「え、わし？」

宗元はぎょっとした顔になり、キヨノに向き直った。

「そういうことなら、キヨノ、おまえがやったらどうだ」

「私？」

「誰より声がでかいし、迫力もある。おまえの声を聞いたらみながふるえあがる」

「冗談も大概《たいがい》になさいませ。こんなよぼよぼの年寄り、役に立つもんですか」

いつもは若ぶっているキヨノだが、時と場合によっては調子よく年寄りのふりをする。

「それをいうなら、わしもじゃ」

咲耶と宗高は顔を見合わせた。

「いずれにしても、いつ来るかわからない盗人を捕まえるために寝ずの番など、できるものではありません」

宗高のひとことで、とりあえず寝ずの番はなしとなった。

キヨノがいちおう補修したというので、賽銭箱を見にいった宗高と咲耶の口からもれたのは、長いため息だった。

折れた桟は紐でぐるぐるまきにしてあるが、壊れた錠前はそのままで、この賽銭箱に、賽銭を入れたいと思う人がいるとはとても思えない。

宗高は満身創痍《まんしんそうい》の賽銭箱を見つめ、呆然としている。

お気楽な宗高がこれほど当惑しているのを目の当《ま》たりにして、悔しさが咲耶の喉元までむらむらと駆けのぼってきた。

天狗を名乗り、このあたりの神社という神社の賽銭を盗み、ヤツデ形の紙に天狗連参上と書いたものを鳥居に貼りつけるなんて、どう考えてもいたずら半分の仕業だ。百歩ゆずっても魔がさしたなんてかわいいものではない。

必ず盗人はもう一度来るという。何もせず、手をこまねいているわけにはいかない。何か、打つ手を考えなくてはならなかった。

宗高が思いつかないなら、咲耶が頭を働かせるしかない。

式神を使い、境内《けいだい》に結界を張れば、盗人の侵入はわかるし、阻止することもできる。だが、術を使えば、つじつまを合わせるために、宗高にも偽《いつわ》りを語ることになる。

ところが宗高は、こういうことに関しては妙に勘が鋭《するど》く、しつこい。宗高と共に動くときは、式神は使わないに越したことがなかった。

結界の代わりに使えるものはないか……咲耶ははたと膝《ひざ》を打った。

「夜は賽銭箱のまわりや、拝殿の柱に、鈴をつけた紐をまわしておいたらどうでしょう。盗人が賽銭箱に近づいたら鈴が鳴るように」

「やってみよう」

夕方遅く、咲耶と宗高は、目立たない色の紐に鈴をつけ、賽銭箱、拝殿のまわり、鳥居の柱などを囲むように結んだ。

キヨノも珍しく、咲耶の案をほめてくれた。

その日以来、咲耶と宗高は不眠に悩まされることになった。

「あ、聞こえました」

「うむ、鈴の音だ」

そのたびに、ふたりは床《とこ》から起き、宗高は木刀を持ち、咲耶はほうきをかついで境内まで出かける。提灯《ちょうちん》に火を入れないのは、盗人に気づかれない用心のためだ。

慣れた場所とはいっても、月明かりを頼りに、手探りでご神木《しんぼく》のモチノキまで行き、拝殿の賽銭箱を窺《うかが》うのは、大仕事だった。

結果わかったのは、荒山神社は夜中、猫の集会所になっているということだ。

ふたりの目に映《うつ》ったのは、茶トラにきじトラ、黒猫に白猫……数十匹が集まって、少しずつ離れてゆったりのんびり座っている姿だけだった。集会参加の猫が紐に触れるたびに鈴が鳴り響いている。

三晩が過ぎた朝、咲耶は思い立って長屋のミヤを訪ねた。

「荒山神社での猫の集まりを遠慮してほしいって？　そんなこといわれたって、あそこは風通しがよくて広いから、みんな気に入ってんのよ」

「私、とんでもない寝不足で……」

化《ば》け猫《ねこ》のミヤは咲耶の顔をまじまじとのぞきこんだ。

「あっらぁ、ほんとだ。目のまわりにすごいくまができてる。目も落ちくぼんじゃって。五つ、いや、十《とお》は老《ふ》けて見えるわぁ、咲耶さん」

人の悪さを隠そうともせず、ミヤは含み笑いを続ける。

「一晩に何度も鈴が鳴って、寝られやしないんだもん」

わけを話すと、さすがのミヤも同情したらしく、近隣の猫にはいい渡しておくと請けあってくれた。

「他の町から来る猫は保証の限りじゃないけど」

「助かるわ」

「でもなんでそこまでして、壊れた賽銭箱を後生大事《ごしょうだいじ》に守っているの？　一度盗んだら、天狗連参上って紙を鳥居に貼りつけて、終わりなんでしょ。盗人はもう来ないんでしょ。そんなぼろ賽銭箱、さっさと持っていってもらっちゃえばいいじゃない」

ミヤの言う通り、それですませられれば身体もラクだが、やっぱり神様のものを盗む輩《やから》をよしとすることはできない。

「天狗を名乗るってのは気に食わないけど」

「でしょ。そこもひっかかるの」

「天狗がそんなけちくさいことするわけないわよ。天狗が賽銭を盗んで、何に使うってのよ。金を払って何かを買おうなんて気、天狗はさらさらないわよ。ほしけりゃ、とればいいんだから。天狗が知ったら怒るわよ」

「天狗を知らないから、騙《かた》ることができるのよね」

「いっそのこと、式神を使ってひどい目に遭《あ》わしちゃえば」

宗高が深く関わっているのでそれはできないというと、ミヤは猫が顔を洗うように手を動かす。

「ふう〜ん。人間ってめんどくさい。あたいには全然わかんないや」

今朝の宗高とのやりとりを咲耶はふと思い出した。

『よかったな。昨晩も盗人が来なくって』

床から起き上がり、寝ぼけ眼《まなこ》で伸びをしながら、開口《かいこう》いちばん、宗高はいった。

『しかし眠たい』

『昨日だって猫に五回も起こされて。……寝不足で、お疲れじゃありません？』

『いいんだよ、寝不足くらい。悪いことをする人がいないのがいちばんなんだから。今夜も、鈴を鳴らすのは猫であってほしい。な、咲耶』

目の下に真っ黒なくまを浮かべ、宗高はにっこり笑ったのだ。

◇◆◇◆

ミヤに猫のことを頼んだので、今晩こそはゆっくり眠れると、床に入ったのに、明け方近く、リンリリンと続けざまに鈴が鳴った。

ミヤが荒山神社に入らないように猫に伝え忘れたのか、あるいは隣町の猫がまぎれこんだのか、無理矢理あけた咲耶のまぶたが、また閉じた。

だが、宗高が起き上がった気配がした。

「……また猫じゃ……」

「……たぶんな。……でも、いや、気になる。咲耶は寝ていろ。ちょっとだけ見てくる」

宗高が床から出ていく。咲耶はのろのろ宗高を追いかけた。

「しっ」

境内で咲耶が追いつくと、宗高はその腕をぐいっと引き寄せ、ふたりしてご神木の陰に身を潜《ひそ》めた。

「見ろ。猫じゃないっ」

宗高が耳元でいった。

拝殿の前で、黒い影が五つ、うごめいている。

一瞬にして眠けが吹っ飛んだ。

灯《あか》りは、月の光と拝殿の脇に置かれたやつらの小さな提灯だけだ。

その小さな灯に、男たちの顔がぼんやりと照らしだされた。

咲耶は息をのんだ。

「天狗の……」

「お面をつけてやがる。天狗連だ」

男たちは天狗の面を頭にのせていた。どこまで人を、いや天狗を馬鹿にしているのだと、咲耶はきりきりと奥歯をかんだ。

誰にも見られてないと安心しきっているのか、大胆に賽銭箱に縄をかけている。頑丈《がんじょう》すぎて壊すのも大変なので、賽銭箱ごと持ち去ろうという魂胆《こんたん》なのだろう。

「宗高さん……どうします？」

相手は五人。とても宗高一人で対処できる人数ではない。

「……咲耶は隠れていろ。いいな、危ないから絶対、出てはだめだぞ」

「えっ」

次の瞬間、宗高がご神木の陰から飛び出していた。

「盗みはやめなさい。悪事はいかん！」

男たちの動きが止まった。咲耶はぽかんと宗高の背中を見つめた。宗高がここまで、あんぽんたんだとは……さすがの咲耶も言葉が見つからない。

そんなまっとうなことをいったところで、聞くような輩ではないのではないか。

雲から月が出てきて、男たちの姿があらわになる。

案《あん》の定《じょう》、男たちは宗高をにらみつけた。後ろ暗いことをしていながら、どの男も、何が悪いといいたげな傲慢《ごうまん》な目つきをしている。

「賽銭箱から手を離しなさい。このまま帰ってくれれば、不問《ふもん》にします」

宗高は変わらず、男たちへの説得を試みようとする。

宗高に返ってきたのは、乾いたせせら笑いだ。

「えらっそうに。おめえが働いて稼いだ金じゃねえだろ」

「神様に寄せられた浄財《じょうざい》です」

「だから、おれらがいただく。天狗がな」

男たちはゲラゲラと笑い、慣れた様子で刀を抜いた。

「刀を収めなさい。境内を血で汚すわけにはいきません」

「だったらおまえが逃げろ。逃げなければおまえの血が流れる。気がついたらあの世で神様の近くにいることになるぞ」

男たちは刀を構えた。

長い修行をした宗高はそれなりに木刀をふるうこともできる。だが、真剣の男五人を相手にするのは明らかに分《ぶ》が悪い。

だが、宗高に逃げる気はない。

加勢するしかないと咲耶は瞬時に決めた。

咲耶は口をきっと閉じ、左右に素早く動かした。

たちまち、宗高の姿が天狗に変わった。

真っ赤な肌、長い鼻。隆《りゅう》と逆立つ眉毛《まゆげ》、ぎょろりとした目。

一本歯の下駄を履いた山伏《やまぶし》姿に、背中には力強そうな大きな翼が生え、手にはヤツデの葉形の羽扇《うせん》を持っている。

その姿を見た男たちは凍《こお》りついた。驚きのあまり、口が半開きになっている。天狗と化した宗高から目が離せない。

「天狗の面をつけ、天狗を騙り、真剣を抜くとは何事かっ。罰が当たるぞ」

宗高の声が数倍の大きさになり、夜のしじまにわんわんと響く。

宗高が一歩進むと、背中の翼がばさりと広がった。

もう一歩進むと、翼が動いた。

とたんに、ぶわっと激しい風が巻き起こり、男たちの身体が後ろに吹っ飛んだ。宗高が木刀ならぬ羽扇をふり下ろすと、男たちの身体が鞠《まり》のように転がる。

「賽銭箱を置いていけ！　悪事を重ねてはいかん！」

男たちはぎゃーっと悲鳴を放ち、蜘蛛《くも》の子を散らすように逃げていく。

このままでは男たちに逃げられてしまう。逃げたらまた来るかもしれない。狙いをつけたものはあきらめない盗人なのだ。

咲耶は男たちの行く手をふさごうと、ご神木から飛び出して両手を広げた。

次の瞬間、咲耶は逃げる男に突き飛ばされていた。男たちはあっという間に鳥居の向こうに消えていく。

「咲耶！」

天狗顔の宗高が駆け寄り、抱き起こす。

「追わないと……」

「盗人の前に飛び出すなんて、咲耶は……無謀すぎるぞ」

宗高が咲耶の額をちょんとつっつく。どっちが？　と返したいところだが、咲耶はこくりと素直にうなずいた。

「咲耶が無事で良かった。それに盗みは食いとめた。万事めでたしめでたしだ」

宗高は咲耶をぎゅっと抱きしめる。

宗高の胸はあったかくて広くて気持ちがいい。宗高こそ無傷でよかったと咲耶は胸をなでおろした。

だが、目をあけたとたん、天狗の恐ろしげな顔がすぐそばに見え、ぎょっと咲耶の胸がすくみあがった。

宗高にかけた術を解くため、咲耶は急いで唇を動かした。

「悪事は防げたが……私が木刀を構えたとたん、やつらは吹っ飛び、転がり……一体、何が起きたのか、わけがわからん」

普段の優しげな顔に戻った宗高はつぶやいた。

自分が何もしていないのに、相手がばたばたと倒れ、泡を食って逃げていったことを、宗高はちゃんと憶えていた。

「宗高さんの気迫、すごかったですもの。悪事を許さないという気構えあふれる姿を目の当たりにして、盗人たちも恐れ入ったんじゃないでしょうか」

「いや……何か普通じゃなかった……あのときふいに大風が吹き、やつらを飛ばしたのではないか？」

「……風？　風など吹いていましたかしら」

咲耶はすっとぼけるしかない。

「やつらのまわりだけに……風が吹いていたのか」

宗高は重々しくつぶやく。

「私には盗人たちが宗高さんを見て、勝手にこけつまろびつしたように見えましたけど……」

普段はあまり考えこむということをしない宗高が、頬《ほお》に手をあててうなっている。やがて宗高は顔を上げた。

「……神風《かみかぜ》が吹いたのか？　吹かせることができたのか？　ついに私に神通力《じんずうりき》が宿った？　そうとしか考えられん」

少年のように目をきらきらさせながら宗高はいった。

神風――いかにも宗高の思いつきそうなことだ。

困ったような表情になった咲耶の顔を宗高がのぞきこむ。

「わからんよな。……神風かもしれないし、そうでないかもしれん。いずれにしてもこれで一件落着となればそれでいいわけだ」

にこっと笑った。なんてかわいい人だと咲耶はもう一度、宗高にすがりついた。

暗闇の中、転がってしまった賽銭箱をふたりで元に戻していると、鳥居の向こうで娘の声がした。

「あんた、誰？」

「おじさん、こんなところで、何をしているの？」

男の子の声が続く。

「ミヤ、三吉？」

咲耶は声のしたほうを見た。

「まだ暗いのに、娘と子どもが何をして……」

宗高のつぶやきを、男のふるえる声がかき消した。

「て、て、天狗だ……天狗が出た。た、助けてくれ」

月明かりが照らしだしたのは、わなわなとふるえている男だった。

腰が抜けているのか、男はいざりながらミヤと三吉に手を伸ばす。ミヤは、着物をさっと翻《ひるがえ》した。

「ちょいと、人の着物の裾、つかんでんじゃないわよ」

ミヤは薄気味悪そうに男を見下ろし、あとずさる。

「天罰が……天狗が……」

「天罰ってなによ。天狗が江戸のど真ん中に出るはずないでしょ。あんた、何か天狗を怒らせるようなことしたの？　うわぁ、天狗よりあんたのふるえている顔のほうが恐いわ」

ミヤは例によって邪険《じやけん》に言い放つ。

その様子を見ながら、咲耶は宗高にそっと耳打ちした。

「逃げ遅れた盗人でしょうか」

「あんなの、あの連中にいたか？」

「え、どうだったろ。いなかったような気がしますけど、天狗のお面もつけてないし……」

天罰がといったところを見ると、一味と考えても良さそうなのだが、宗高はあっさりといった。

「逃がしてやろうぜ。何もとっちゃいないんだ」

「はい」

咲耶はミヤに向かって叫んだ。

「ミヤ、三吉、その人、盗人かもしれないけど……」

「わかったぁ！　まかせてっ！」

咲耶が言い切る前に、ミヤのすごむ声が響いた。

「もう逃げられないわよ。天狗だとかなんのかんのいって、あたいを煙《けむ》に巻こうったってそうはいかない。観念しやがれ！」

「ま、参りました」

拍子抜けするほどあっさり男がミヤに頭を下げたのが見えた。すぐさまミヤが懐から茜色《あかね》の襷《たすき》を取り出し、男を縛《しば》りあげる。

「あちゃあ……つかまえちまった……」

宗高がぴしゃりと額を打ち、油の抜けたような声でつぶやいた。

◇◆◇◆

盗みをやらかすような輩は、いざ、捕まったときには知らぬ存ぜぬとしらばっくれるか、ふてくされて毒づくかのどっちかだ。

だが、男はうなだれ、悄然《しょうぜん》としている。別宅に連れ戻ると、自ら土間に正座し、心底、打ちのめされた様子で背を丸めた。

年は三十前くらいか。無精《ぶしょう》ひげのある頰のあたりに、まだ若さが感じられる。何度も水を通した木綿《もめん》の筒袖《つつそで》の着物を尻っぱしょりしていた。町人髷はぼさぼさに乱れていて、豊かではない暮らしが偲《しの》ばれる。

天狗の面も、刀も持っていない。盗みは未遂に終わったうえ、この男は刀を構えて宗高を斬ろうとした輩でもない。

これからこの男をどうしようかと、咲耶と宗高が茶の間で、小声で話をしている間、ミヤと三吉は見張りを買って出た。

「真夜中に、騒がしいと思って出てきたら、賽銭泥棒にばったりだなんて。それで、このうら若き美女が細腕で賽銭泥棒を捕まえたなんて……読売《よみうり》が聞いたら、泣いて飛びつく話だわねぇ」

ミヤはひとり得意げに息巻いている。

「それをいうなら、うら若き娘がこんな刻限に子ども連れで、夜歩きとは感心しないなぁ。一味は刃物を持っていた。斬《き》りつけられてもおかしくなかったんだ」

たまりかねたように奥から宗高が意見したが、ミヤは意に染まないことに耳を貸さず、相手が誰でも返事すらしない。

だいたい、化け猫のミヤは、刃物を持った相手と闘っても、負けることはないし、逃げ足の速さで敵《かな》う者もいない。おまけにもともとが夜行性でもある。

ミヤは見張りを三吉にまかせると、茶の間に上がり、咲耶の隣に座った。

「あいつは噂《うわさ》にきく賽銭泥棒の天狗連の一味でしょ。で、天罰ってなぁに？　あの男が叫んでたでしょ、天罰って」

「さぁ、なんのことやら……」

「天狗が出たってもいってたよね」

「………」

「自分たちが天狗と名乗ってるのに、天狗が出たって騒ぐって、なんで？」

ミヤは咲耶が式神使いであることを知っているが、宗高の姿を天狗に変えたことを教えたい相手ではない。

と、宗高が膝を叩いた。

「もしかして……あの男、本物の天狗を見たわけじゃあるまいな」

咲耶の心の臓がぎくっと跳ね上がる。

「まさか！　いくらなんでもそんなこと」

「咲耶、よもやということが世の中にはある」

ミヤが手を横にひらひらとふった。

「いやだ。天狗がこんなとこに出るわけないじゃない。宗高さん、どうかしたんじゃない？　天狗が住んでるのは山の中よ。それとも、天狗を呼んだ？」

ミヤがちらっと咲耶を見る。咲耶は言下《げんか》に切って捨てる。

「天狗を呼ぶなんてこと、誰にもできやしませんよ。恐ろしい」

だが宗高は食いついた。

「呼んだ？　天狗を？　だったら、神風が起きてもおかしくない……」

頬を紅潮《こうちょう》させて、宗高はぶつぶつつぶやいている。

「咲耶さん、白状《はくじょう》しなさいよ、天狗を呼んだんでしょ」

ミヤは耳打ちしてすごんだ。

「ですから呼ぶなんてこと、できませんってば」

ミヤは咲耶を軽くにらむと、立ち上がった。

「けち。……いいわ。教えてくんないなら、じかに聞くから」

男のところに戻ると、ミヤは詰問《きつもん》しはじめた。だが男は首を横にふり、歯を食いしばって、口を割らない。

「天狗を見たの？　天狗が出たの？」

「いえねぇ……」

「見たんでしょ！」

「…………」

「あたいにまやかしは通用しないよ」

「姉ちゃん、やめなよ」

「うるさい。止めるな、三吉！」

　ミヤは三吉にまでかみつく始末だ。

「天狗が何したの？　何かしたんでしょ」

「……お、恐ろしくてとても、口にできねぇ」

「だから、なにが恐ろしいんだって、聞いてんのよ」

　じれにじれたのか、一瞬、ミヤの目が光り、口が耳までさけ、鋭《するど》い牙《きば》があらわになった。

　男はたちまち白目になってひっくり返った。

「あ～～、めんどくさい」

　ミヤは慣れた様子で男にかつを入れる。細い身体で大の男顔負けの立ちまわりだ。

　気がついた男は、ミヤの顔を見るなり、前にも増してがくがくとふるえはじめた。

「こ、ここは化け物屋敷か……」

「いえ、神社です」

　三吉が静かに答えたが、男のふるえは止まらない。

　こうなった以上、事情を聞かないわけにはいかないということになり、宗高と咲耶はようやく腰を上げた。

　宗高はひらりと土間に下り、男の身体を縛っていた襷をほどいた。ミヤが目を丸くする。

「せっかくふんじばったのに……」

「もう観念してるさ。なっ」

　宗高はいなすようにいって、男の腕をとって板の間に上げた。

　咲耶は茶碗に入れた麦湯を男の前に置いた。

「どうぞ。少し落ち着きますよ」

　男は首をすくめるようにして頭を下げると、よほど喉が渇いていたのか一気に麦湯を飲み干した。

宗高が尋ねると、男はとつとつと話しはじめた。

男の名は五助《ごすけ》。十五の歳から花の棒手ふりをして稼いでおり、豊島町《としまちょう》の半兵衛《はんべえ》長屋に住んでいるという。

「女房はいないのか」

「二年前、流行り病で死んじまいました」

「そりゃ気の毒だったな。……で、賽銭泥棒の片棒をかついだのはどういうわけだ？」

五助は頭を下げたまま、口をつぐんだ。そして腰を浮かせた。

「か、帰らなきゃ……早く帰らねえと娘が……」

その声の暗さに、咲耶の胸がひやりとした。

「娘さんがいるの？　娘さんがどうかした？」

「いや……」

五助は言いよどみ、次の瞬間、逃げだそうと、土間めがけて駆けだした。だが、宗高は五助の腕をつかんだ。

「つかまえてしまったからには何もなかったことにはできない。話を聞かずに、帰すわけにはいかないんだ」

「おいらが帰らなければ、娘がひどい目に……」

再び膝をおった五助は、手を固く握りしめ、うつむいた。

その口から、うっとうめき声がもれる。

宗高と咲耶は顔を見合わせた。天狗連を名乗る賽銭泥棒なんて、人を困らせて喜ぶごろつきの仕業とばかり思っていたが、五助はどう考えてもそういう輩ではなさそうだった。

咲耶は膝を進めた。

「娘さんは今、どこにいるの？」

「……長屋に、ひとりで……」

「名前は？ いくつ？」

「タケ……まだ六歳で……」

宗高が咲耶にうなずく。

「じゃ、今から娘さんを、おタケちゃんを迎えに行き、ここに連れてきます。それならいい？」

五助は顔を上げた。事の成り行きに驚いて、声も出ない。

「私が行ってこよう」

立ち上がりかけた宗高を、咲耶が止めた。

「宗高さんには家にいてくださいな。五助さんを見ていてもらわないと……」

「しかし……まだ外は暗い」

咲耶は雨戸をあけた。星が光っているが、空の色が黒から透明な藍色《あい》になりつつある。

「ミヤと三吉に頼みます」

これには宗高がきっぱりと首をふった。

「ふたりを、こんな時間に外に出すわけにはいかん」

「もうすぐ日が昇るわ。そろそろ木戸が開き、町は起きるころよ」

江戸の店《たな》は夜が明ける明け六ツに開き、日が沈む暮れ六ツに閉める。荒山神社も同様で、咲耶が起きる時刻でもある。

「それに、相手は子どもですもの。男の人より、ふたりのほうが。ミヤ、三吉、おタケちゃんとこに行って、おとっつぁんが待っているから、泣かないで一緒に来てっていって、連れて帰ってきて」

「え〜っ、めんどくさい」

ミヤは口をとがらせた。

「よくわかんないけど、一刻も早く娘さんを連れてこないと大変なことになるみたいなの」

「なんであたいなのよぉ」

「……五助さんを捕まえたのはミヤと三吉じゃない。力になってよ」

三吉がミヤの肩をとんと叩いた。

「行こう、姉ちゃん」

しぶしぶミヤが立ち上がる。咲耶は胸元から式札を一枚取り出し、ミヤに渡した。

「これをそっと、その家に置いてきて」

「はいはい。……人使いが荒いったらありゃしない」

着物の裾をさばきながらミヤはそっけなくいう。

「頼みます」

咲耶はミヤと三吉に頭を下げた。

「姉ちゃん、急ごう」

三吉が促し、ふたりは、ぱたぱたと駆けていった。

◇◆◇◆

悪党がみな、いかにも悪そうな顔つきをしているとは限らない。人の良さそうな顔をしたものが残虐な事件を起こすことだってままある。

けれど、目の前の五助は悪人づらからはほど遠い。うなだれている首筋、丸まった背中、悲しげな目の色……芝居をしているとはとても思えなかった。

宗高と咲耶が五助の娘をとりあえず救いたいと思い、ミヤが文句をいいながらも三吉とともに迎えにいったのも、それだからだ。

「娘がかたにとられていて……」

五助は疲れた表情で事情を語り出した。

「娘がかたにって、借金か？」

宗高が尋ねると、五助はこくりとうなずいた。

咲耶は五助のことを宗高にまかせ、米を研《と》ぎはじめた。神様に差しあげるためにも、毎朝、この時間には支度《したく》をはじめなくてはならない。狭い家のことで、ふたりの会話は筒抜けだ。

「博打《ばくち》か？」

「いいえ」

酒でも女でもないと、五助は首をふる。

はじめに借金をしたのは女房の薬代のためだった。そして半年前に娘が腕の骨を折り、骨接《つ》ぎの支払いに借金を重ねることになったという。

「もう少しで、前の借金を返し終わるというところだったんでやすが……」

「座頭金《ざとうがね》か？」

「へえ」

「はぁ……そりゃぁ」

宗高はため息をつき、小鬢《こびん》をかいた。

その日暮らしをしている裏長屋の住人が銭に困ったときに頼るのが、公儀公認の座頭金だ。大名貸しをするような札差《ふださし》とは別に、目が不自由な者たちもまた、公《おおやけ》に自由に金を貸し、利子《りし》をとることができたのである。

「利子が高かったんじゃねえのか。年六割とかいうじゃねえか」

五助は首をねじ曲げて、上目遣いに宗高を見る。

「旦那は世事《せじ》をよくご存じねえようで……今時、そんなんで貸してくれるとこなんてありゃしませんぜ」

「じゃ、もっと？」

「……へぇ」

利子は座頭の胸先三寸《むなさきさんずん》で決まる。取りはぐれはないともいわれる。

万が一借りた金を返さないと、奉行所が出張ることになるうえ、奉行所の手が入る前の取り立てがとにかく壮絶なのだ。

金を返さない家に、座頭仲間が居座り、昼夜なく「金を返せ」とわめきまくる。夜逃げをしても、どこまでも追いかける。つまり、座頭金を借りたら最後、必死で働き、金を返し続けるしかない。

借りたのは女房の薬代に一両、タケの腕のために一両、計二両だった。

幸い、タケの腕はすっかり治った。

だが、棒手ふりの花売りの稼ぎなどたかが知れている。食べるだけでカツカツのため、利息を返すのがやっとで元金が全然減らない。

借りた座頭金の年利は十二割だったと、苦いものをかむように五助はつぶやいた。ぽかんと宗高の口があく。

「法外《ほうがい》にもほどがある……」

「借りた金の倍はなんとか返したんでやんす」

だがついに利息さえ返せなくなった。

「今年は春から雨が続きやしたから……」

雨が激しければ、棒手ふりの商売はあがったりだ。

そして先日、座頭から、天狗連の一味《み》を紹介されたという。

──犯行の見張り役をすれば払いを延ばしてやる、娘を売って金を作るのと、どっちがいい？　ふたつにひとつを選べ──

「見張り役をしたのは、今回がはじめてでやんした」

男たちと会ったのもはじめてで、どこの誰やら、何を盗むかも知らされず、人が来たら声をあげろとだけいわれた。

押し入る前に、五助は首領格らしき男に胸ぐらをつかまれた。

──わかってるな。裏切ったら、娘は……一生、苦界《くがい》に沈むことになるぜ──

「……娘は流行り病で死んだ女房の忘れ形見……そんなことはさせられねえ」

五助は、肩をすぼめて唇をふるわせた。

普通なら、五助を奉行所につきだしてしまいにするところだ。だが、五助はもともと悪い人間ではない。悪いことに手を染めさせた者たちが他にいる。

借金を返さないからこういうことになるのだという者もいるだろう。

だが、暴利をむさぼる者がのうのうと生き、唯々諾々《いいだくだく》と法外な利子を払い続けなくてはならない五助のような者がいると思うと、この世の仕組みがゆがんでいるとしか思えない。

賽銭箱に縄をかけ、宗高に向かって刀をふりあげたやつらが、このまま改心するとも思えなかった。天狗に肝《きも》をつぶして逃げていったが、ああいう輩はほとぼりが冷めれば、また悪事をくり返す。

◇◆◇◆

朝五ツ半になって、五助は近くの番屋へ宗高と咲耶にともなわれて出頭した。

「賽銭泥棒の片棒をかついだむくいで、娘が天狗にさらわれちまったんです」

五助の突拍子《とっぴょうし》もない訴えに、町役人たちはあっけにとられた。五助は正気なのかと明らかに疑っていた。

宗高が昨晩の賽銭泥棒の顚末を語っても、みな、首をひねったままだった。

とりあえず、岡っ引きの友助が五助の長屋を訪ねると、もぬけの殻《から》で、娘が寝ていたと思われる布団の上に、「天狗参上」と書かれたヤツデの葉の形の紙が一枚置かれていた。

五助親子が姿を消したため、長屋も騒ぎになっていた。

ヤツデ形の書き付けを見せると、みな顔色を変えた。

「天狗が？　この長屋に出た？」

「よりによっておタケちゃんが」

女たちは恐ろしいものを見たように、自分の子どもを抱きしめる。

「気の毒だねぇ。五助さん。おタケちゃんのこと、目の中に入れても痛くないほどかわいがっていたのに」

「あんた、天狗が来たの、見た？」

女たちはぶるぶると首を横にふる。

「見てたら、大声出してるって」

「おとっつぁん思いのおタケちゃんをさらっていくなんて」

「それで、五助さんはどこにいるんだい？　……で、なんで岡っ引きが手回しよく来ているんだい？」

「友助さん、おタケちゃんを捜してやっておくれよ」

女たちに口々に迫られて、友助はたじたじになった。

「相手は天狗だ。おいらにだってできることと、できねえことがあらぁな」

「おタケちゃん、六つだから重いよぉ。いくら天狗だって、山は遠いんだ。帰りつく前にどこかに落っことしていくかもしれないじゃないの」

「どこの山に帰るってんだ、知ってるなら教えやがれ。……ったく。とにかく、迷子の届けだけは出しとくかぁ」

わかったのは、五助とタケ親子は、長屋の者と仲良くつつがなくやっていたが、昨夜から朝の間に、タケがいなくなったということだけだった。

不審なことがありはしなかったかと友助がひとりひとりに尋ねると、寝ぼけていて何も憶《おぼ》えていないという者がほとんどだったが、唯一、隣に住む五歳の女の子が、明け方、五助とタケの部屋から猫の鳴き声が聞こえたといった。

銭はとっていないのに娘はさらわれ、そのうえ殊勝《しゆしよう》に自ら番屋に出頭したということで、五助は縄もかけられず、しばらくの間、番屋にとめおかれることになった。

一方、五助に金を貸した座頭はすぐさま捕らえられ、厳しい詮議《せんぎ》の結果、芋《いも》づる式に天狗連の男たちが捕まった。

男たちは賽銭泥棒だけでなく、骨董《こっとう》店の高価な皿や鉢、小間物屋の銀細工や珊瑚《さんご》の付いた簪《かんざし》、螺鈿《らでん》の櫛《くし》、古書店の医学の本などを盗んでいた。

町のごろつきだけでなく、旗本《はたもと》の三男、四男もいた。

道楽が過ぎて、親に勘当《かんどう》され、座頭金の取り立てを生業にしているうちに、安易に金をせしめるのがおもしろくなり、万引き、置き引き、かっぱらいなど、片《かた》っ端《ぱし》から悪事を働き、その道にどっぷり入りこんでしまった男たちだ。開き直って盗人稼業《かぎょう》に身を落とし、懐に忍ばせていた匕首《あいくち》で人を脅《おど》したのも二度三度ではないことも明らかになった。

なぜ神社の賽銭を狙ったのかと訊《き》くと、そんなものはたいした金にはならないが、いちばんてっとりばやくおもしろかったとうそぶいた。

しかし、五助の娘が天狗にさらわれたと聞かされたとたん、男たちはふるえあがった。

「天狗連と名乗ったのが仇《あだ》になるとは……」

悔やむのはそこではない。

だが、盗みに入った神社で天狗を目の当たりにし、翼と羽扇で転がされ、一喝《いっかつ》されたわけで、男たちはみな、牢の中でもおびえきっているという。

五助は、見張りについたものの、未遂で終わったうえ、借りた金の倍以上も支払い、法外な利子に苦しめられ、ついには娘を借金のかたにと脅されたというやむをえない事情も加味され、情状酌量《じょうじょうしゃくりょう》の余地《よち》がある者に与える刑「江戸十里《じゅうり》四方払《しほうばらい》」（日本橋を基点に半径二十キロ外へ追放）ですんだ。

解き放ちになった五助に、咲耶と宗高は旅道具を届けに行った。

股引《ももひき》に手甲脚絆《てこうきゃはん》、肩には振り分け荷物と合羽《かっぱ》をひっかけ、菅笠《すげがさ》を手に持った五助は、頭《こうべ》をたれ、涙ぐんだ。

「おタケちゃんは、北千住《きたせんじゅ》の親しい神社に預かってもらっている。向こうに着いたら、神官を頼り、しばらくは神社の手伝いでもしてこれからのことを考えたらいい。神主は私の修行仲間だから心配はいらん」

宗高が五助を力づけるようにいう。

あの日、長屋から荒山神社に連れてきたタケに、五助は天狗連の片棒をかつぐことになったいきさつを涙ながらに話した。

宗高にともなわれて番屋に行く五助を見送り、すぐさまタケも握り飯と宗高の手紙を持ち、北千住に旅立った。同行したのはミヤと三吉である。

「何から何までお世話になり、ありがとうござんす……番屋にも何度も来てもらって……その上、お夕ケとのこれからの暮らしのことまで……なんとお礼をいえばいいのか……」

「軽い刑ですんだのは不幸中の幸いだった。……お夕ケちゃんには昨日、文《ふみ》を送っておいたから、今ごろ、首を長くしておとっつぁんが来るのを待ってるぜ」

宗高が五助の肩を叩く。咲耶は小風呂敷を開き、祝儀《しゅうぎ》袋をふたつ取り出した。

「布団や鍋釜などの荷物は、言われた通り、処分しました。これがそのお代です。そして気持ちばかりですけど、こちらは路銀《ろぎん》の足しにしてくださいな」

「そんなことまでしてもらったら、罰が当たります。盗みの片棒をかついだ者なんかに」

五助は飛びのいて、腰をかがめた。

「じゃ、こっちは見知らぬ土地で、おとっつぁんをひとりで待っていたお夕ケちゃんにってことでおさめてくれ。……素直でいじらしい子じゃないか、お夕ケちゃん。おまえさんが悪事に手を染めたから番屋に行かなくちゃなんねぇっていったら、自分のせいだ、自分が骨を折ったから、借金してこうなったんだと目にいっぱい涙をためて、私と咲耶にまですみませんすみませんと頭を下げて……まだ六つなのになぁ」

そういった宗高の目の縁《ふち》が赤い。

「どうぞ気持ちよく受け取ってくださいな。お返しはいりませんよ。ただ、無事についたという文だけは寄越してくださいね」

咲耶は五助の手をとり、指を広げて祝儀袋を握らせた。

何度も何度も頭を下げて、五助は去っていく。

「おタケちゃん、おとっつぁんの顔を見たら、涙を流して抱きつくな」

「ええ。五助さんもきっと」

ふたりの姿を思い浮かべているのだろう。宗高はぐすっと鼻をすすりあげた。

それから顔を上げ、目をしばしばさせ、咲耶を見た。

「ひとつ、五助が不思議がっていたことがある。私も解《げ》せないことが。咲耶はおかしいと思わなかったか？」

「なんのことでしょうか」

「五助の長屋に残されていたヤツデ形の書き置きだ」

「あ……ああ」

咲耶はぎくっと首をすくめた。

「友助からあれを見せられたとき、出来すぎだと、笑いをこらえるのに必死だった。天狗参上と書いてあったんだからな。あの書き置きのおかげで、みな、お夕ケちゃんが天狗にさらわれたという話をまんまと信じてくれた。で、てっきり、ミヤが気をきかして、小粋《こいき》なことをしでかしてくれたんじゃないかと思いこんでいたんだ。だが、ミヤに聞くと、そんなの知らないっていうじゃないか。あの書き置きは一体、誰が置いたものなんだ？」

「ミヤかと思っていましたが……」

咲耶は宗高に小さな声でいった。

部屋に置いてきてもらった式札に念を送り、ヤツデ形の書き置きに変えたのは、咲耶だった。

「とするとだ。もしかして……ほんものの天狗が加勢してくれたんじゃないのか。天狗連も、天狗を見たっていってたし。……そうか。そうなんだな」

自分の言葉に、宗高は感慨《かんがい》深げにうなずいた。

「なんなんです？」

「天狗は私たちの味方なんだ」

いかにもうれしそうに、宗高は笑う。

「そ……そうでしょうか」

「それ以外、考えられるか？　いやぁ、驚いた、ついに天狗が私たちの味方になってくれたなんてなあ」

こうなると宗高は手がつけられない。

「え、ええ。おっしゃる通り、そうかもしれません。……でも宗高さん、それを広言《こうげん》するのはいかがなものでしょうか、よしたほうがいいかも」

「ん？」

「天狗は自分の名を安易に口にされるのはお嫌いじゃないでしょうか。……天狗を名乗った天狗連を捕まえるのに、天狗が力をお貸しくださったんですもの。天狗が味方してくれたと私たちが触れまわったりしたら、天狗は気分を悪くなさるかもしれません」

宗高はうむと真顔でうなずく。

「確かに咲耶の言う通りだ。このことは、ふたりだけの秘密にしよう。約束だな」

宗高が差しだした小指に、咲耶は自分の小指をからめた。

「夕餉《ゆうげ》はうまいものをそろえてくれるか」

「えっ？」

「久々にふたりで酒でも飲もう。天狗を味方にできたお祝いだ」

「腕をふるいますわ」

その日の夜、お膳には、鯵《あじ》の刺身、鰯《いわし》の梅干し煮、海老入りの茶碗蒸し、なすとさやいんげんと車麩《くるまぶ》の煮物、キュウリの浅漬け、枝豆ご飯が並んだ。

◇◆◇◆

「神主さん、この神社に天狗が出たってほんとかね」

数日後、氏子のウメが宗高の顔を見るなりいった。

社務所でお茶呑み中の、仲良しのマツとツルが続ける。

「あたしゃ、一度も聞いたことがなかったがね」

「でも、この神社に入った賽銭泥棒の天狗連を、天狗が成敗《せいばい》したって、読売で評判になってるんだよ。ほら」

ツルが咲耶に読売を見せた。

読売には、賽銭箱の前で、風を起こしている真っ赤な肌に長い鼻の天狗が、大きく描かれている。背景に、空に舞い上がってあわてふためいている盗人が小さく描かれていた。

「あら、天狗の後ろの賽銭箱といい、拝殿といい、うちの神社そっくりですね」

「咲耶さん、文章も読みなさいよ。ほら、ここ！　日本橋横山町の荒山神社ってちゃんと書いてあるでしょ」

「まあ」

「あら、名前も書いてあったの？」

「おマツちゃんたらこれだから。あんた読んだんじゃなかったの」

「読んだけど」

「もう、まどろっこしいんだから」

「で、神主さん、ほんとに見たのかい、天狗を」

三人は声を合わせて、宗高を見た。

「賽銭泥棒たちが見たといっているんですよ。私は残念ながら……」

咲耶に目配せをしながら、宗高が首をひねってみせた。

実際、宗高は天狗をちらとも見ていない。宗高自身が天狗に変身したのだから、見えたわけがないのだが、宗高は天狗とのご縁を信じ、ご縁をつなごうと、天狗についてうかつに口にしないと決めている。

「見てない？　見逃した？　やっぱりねえ……」

宗高が心底がっかりするようなことを、ツルは平気で口にした。

「荒山神社の神主は代々、ぼんやりなところがあるから」

ウメはさらにいいたい放題だ。

「天狗がわざわざ山からおでましになられたのは、盗人が天狗連なんて名乗ったからかね」

「そうだそうだ」

ツルがうなずく。

「捕まって牢に入れられたのも、罰が当たったからだよ」

「おウメさん……やつらが罰を受けたのは、賽銭泥棒をしたからですよ」

きまじめに答えた宗高を、三婆《さんばば》はあきれたように見た。

天狗があらわれ、天狗連という悪党をこらしめたという話が広がり、このところ、荒山神社には参詣人《さんけいにん》が増え、賽銭も増えた。そのおかげで、賽銭箱と錠前を新調した赤字は消え、キヨノも喜んでいる。

第四話：曲がり尾の猫

◇◆◇◆

葉月《はづき》（八月）も半《なか》ばを過ぎ、朝夕には涼しい風が吹きはじめた。

しかし、その日に限って日差《ひざ》しがかっと照りつけ、風がそよとも吹かない。

ひと雨ざっと降ってくれたらしのぎやすいのにと、咲耶《さくや》が真《ま》っ青《さお》に晴れあがった空をうらめしく見上げたときだった。

ミヤと三吉《さんきち》が庭に駆けこんできた。

「うちの長屋に、盗人《ぬすっと》が入ったたっ！」

咲耶はぎょっとして、縁側から庭に出た。

ミヤと三吉が住んでいるのは、荒山神社《あらやまじんじゃ》の長屋だ。この庭と板塀《いたべい》をへだて、四軒並びの縦割り長屋が向かい合わせに建っている。それぞれ、間口が九尺（約二・七メートル）、奥行きが二間（約三・六メートル）の広さで、中は四畳半の部屋と一畳半の土間に区切られていた。

つっかけをひっかけ、長屋に駆けていこうとした咲耶の袖《そで》を三吉がつかむ。

「盗人を追いかけようとしても無駄だよ。気がついたら盗《と》られてたんだから」

「悔しいっ」

　ミヤが足を踏み鳴らす。目が怒りで三角になっていた。

　咲耶はふり返って三吉を見た。こういうときはミヤよりも三吉に聞いたほうが早い。

「じゃ、みんなは無事なのね」

「無事も何も、ぴんぴんしてるよ」

「いつ盗まれたの？」

「ついさっき……」

「こんな真《ま》っ昼間《ぴるま》に？」

　三吉は分別《ふんべつ》くさくうなずく。

「なんで、よりによってあの長屋に？」

　長屋は、おかげさまで全部、借り人で埋まっている。子持ちやおしゃべり好きのおかみさんがそろっていて、昼日中《ひるひなか》には、女たちがどこかしらにいるうえ、銭《ぜに》をためこんでいる者はいそうにない。

　どう考えても、盗人がわざわざ狙いをつけたくなる長屋ではなかった。

「盗んだことを後悔させてやる。このままですむと思ったら大間違いだ！」

ミヤは拳《こぶし》を握りしめた。

「もしかして……ミヤのものが盗まれたの？」

三吉がぶすっとした顔でうなずく。

「何が盗まれたの？」

「ミヤに聞いとくれ」

三吉はくるりと背中を向け、声を落とした。

すかさず三吉の身体を押しのけ、ミヤがかみつきそうな勢いで声をはりあげた。

「腰巻《こしま》き！　あたいの腰巻きが盗まれたの。おろしたての緋色《ひいろ》の腰巻きが」

腰巻きは、ご存じ、腰に巻く布で、下着である。

緋色の腰巻きは、白い足が際立って色っぽいうえ、冷えを防ぐと信じられていて、若い女には愛用する者が多い。

「ただの緋色じゃないだろ」

三吉がばつの悪そうな表情でつぶやく。

「そうよ。ただのつまんない緋色の腰巻きじゃないわ。猫の尻尾《しっぽ》の絵柄をわざわざ刺繡《ししゅう》してもらったの」

ミヤはふんと鼻をならし、ぷりぷりしながら続けた。

「だって、あたいにはかっこいい尻尾があるんだから。先がくるんと曲がった立派な尻尾。なのに誰にも見せらんない。だったら腰巻きに尻尾があってもいいじゃないの」

恥ずかしがりもせずにミヤはいった。

ところで、尻尾が途中で折れ曲がっている猫は、尾曲がり猫と呼ばれる。曲がった尻尾に、金運や幸運を引っかけてくるとか、ねずみ取りがうまいとか、尾が二又《ふたまた》に分かれている猫の妖怪・猫又《ねこまた》になりにくいと信じられていた。化《ば》け猫《ねこ》のミヤは尾曲がりで猫又の一種でもあるのだけれど。

とはいえ、折れ尻尾が描かれた緋色の腰巻きは、やはり酔狂《すいきょう》としかいいようがない。まず素人娘《しろうとむすめ》が身につけるものではない。

「よくそんな刺繡をしてくれる人がいたものね」

咲耶は半《なか》ばあきれ、半ば感心したようにつぶやく。

「はりこんだの。ていってもあっちは見習いだから、ずいぶん値切ったけど」

ミヤが夕方から働いている居酒屋マスやの常連の紹介で、見習いの縫物師《ぬいものし》に頼んだと胸を張る。ミヤは相手が根負《こんま》けするまで値段交渉を続けたに違いなかった。

「腰巻きにこんな刺繍をするなんて、姉さんの前世は猫ですか、だって。はい、その通りと答えたら、またまた冗談ばっかりって。ま、んなことはどうでもいいの。とにかくあたいの大切な腰巻きがとられちゃったのよ」

咲耶は頰《ほお》に手をあて、ため息をついた。

ミヤにとっては一大事だろうが、岡《おか》っ引《び》きは妙な腰巻き一枚のために動いてくれるだろうか。

かといって腰巻きを盗むような気持ち悪い輩《やから》を野放しにしておくわけにもいかないという気もする。

友助に頼むためには、長屋の差配人《さはいにん》である夫の宗高《むねたか》にも動いてもらわなくてはならないというのも気が重い。奉行所に何かを届け出るときには、差配人も付き添うと決められていた。

盗人がすぐに捕まればいいが、見つからなければ、差配人も手をこまねいてはいられない。ただでさえ神主《かんぬし》と差配人の仕事でばたばたしている宗高に、夜回りなども課せられ、ますます忙しくなる。

宗高にどう切り出そうと咲耶が思案《しあん》しはじめたとき、入り口から、当《とう》の宗高の声がした。

「咲耶、社務所《しゃむしょ》に来てくれ。事件だ」

「事件？」

「やっかいなことが起きちまった」

あわてて社務所に駆けつけると、氏子《うじこ》のウメをツルとマツが取り囲んでいた。肩を落とし、背中を丸めたウメは、もともと小さな身体がますます縮んだようだった。

宗高が咲耶を手招きして、隣に座らせる。咲耶の後ろにミヤと三吉が腰をおろした。

「で、何色だったの？」

ツルとマツが口々にウメに尋ねている。

「……緋色……」

「緋色って、あんた、そんな派手な……」

「その年で……」

ツルとマツはあっけにとられて、口をぽかんとあけた。

「どうしたんですか？」

咲耶が小声で聞くと、宗高は「盗み」と耳打ちした。

「何が盗まれたんです？」

宗高は蚊《か》の鳴くような声で「腰巻き」と答える。

「緋色の腰巻きぃ!?」

「ウメ婆《ばば》で……」

ミヤと三吉がびっくりした声をあげる。

ちなみに、年配の女の腰巻きは白や浅黄《あさぎ》色など地味なものが多い。

ウメは悪びれずに答える。

「……還暦《かんれき》のときにもらったんだ、緋色の腰巻きは腰を冷やさねえからって」

「還暦の祝いって……何年前だ？」

「十年？　いや二十年？」

「着物ならともかく腰巻きをそんなに長く使ってたなんて……おウメちゃんは物持ちがいいねえ」

「あたしゃ、始末がいいから。水を通せば通すほど柔らかくなっていいんだよ」

「穴、あくよね」

「すれたり、ぼろになったところには、つぎあてをして……」

ウメ婆がぼそぼそといい返す。つぎあてをしたような古い腰巻きが盗まれた。そんなもんを盗んでどうするというのか。

次にウメの口から飛び出した言葉に、咲耶の頭がくらっときた。

「もらったもんなんだけど、その手ぬぐい、派手すぎて使っていなかったんだよ。雲の中を駆けまわる龍が威勢《いせい》良くて……で、思いついたんだ。龍の形を切り抜いて、腰巻きのすり切れたところに縫《ぬ》いつけたら、腰もぴんしゃんとするかもしれないって……」

つぎあてにしたのは龍の柄《がら》の手ぬぐいだという。

尻尾つきのミヤの腰巻きと、龍が飛んでいるウメの腰巻き……。

犯人は同じ人物かもしれないと咲耶は思い、ミヤを見ると、ミヤは頬をふくらませ、眉《まゆ》をひそめ、口をへの字にし、ふてくされている。

自慢の腰巻きが、筋金《すじがね》入りの年寄りの年季の入った腰巻きと同列に扱われたのが納得いかないのだろう。

「ミヤの腰巻きを盗んだのと同じヤツかもしれな……」

三吉は、言い切る前にミヤから頭をばしっとはたかれた。

「なんだよ、そう考えるのが普通だろ」

三吉が頭を押さえて、不服そうにいう。すかさず三婆《さんばば》が食いつく。

「あら、おミヤちゃんの腰巻きもとられたの？　って、あたいの腰巻きも、若い娘のものと間違えられたのかね、いやだよぉ」

ウメがふがふがと笑う。

「腰巻きは腰巻きだからねぇ」

「そうそう」

「腰巻きに年は書いてないしね」

「おツルちゃん、うまいこといってぇ」

三婆がかしましく笑うと、ミヤはますますうんざりした顔になった。

いずれにしても、腰巻きを取り戻したいと、ウメ、ミヤ、三吉、それに宗高と咲耶が雁首《がんくび》そろえて番屋に行くと、ちょうど岡っ引きの友助が戻ってきたところだった。

ミヤとウメ婆の腰巻きが盗まれたと訴えると、友助は気の乗らない表情で、横《よこ》鬢《びん》をかいた。

「いやだいやだ。今度は腰巻きか」

「今度はって？」

　友助は煙管《きせる》に火をつけ、白い煙を思いきりはきだす。

「今年は残暑がなげえせいか、むしゃくしゃしている奴らが多いんだ。暑さで頭がゆだっちまったんだろうな。道ばたで薄着の女の乳をつかんだとか、若い女房にむしゃぶりついたとか、往来《おうらい》でぺろっと尻を見せるやつまでいやがる」

「不謹慎きわまりない。ふらちな輩ですな」

　宗高は眉間《みけん》にシワをよせた。

「とりあえず、古着屋には腰巻きを売りにきたヤツがいたらって回状をまわしとく。だが期待はしねえでくれ」

「盗人は売って金にするために腰巻きを盗んだんじゃない気がするが」

　宗高は釘《くぎ》をさすようにいった。腰巻きを古着屋や質屋に持ちこんだところで金になるわけはない。

　友助は手ぬぐいで汗を拭きながら、大儀《たいぎ》そうに宗高を見た。

「だから、期待はしねえでくれっていってんだ。そういう連中は己の楽しみのために盗んでんだ。金じゃねえ。盗んだものを後生《ごしょう》大事に抱えこむ。盗まれたものは二度と日の目を見ねえって寸法《すんぽう》だ。とっつかめえるとしたら、盗んでいる最中しかねえ」

帰り道、誰もが無言だった。町が暑さで白ちゃけて見える。風はなく、むっとするような湿気が立ちのぼっていた。

「……あたいの腰巻きはあきらめろってことかい？」

ウメはくたびれたのか、がっかりしたのか、元気のない声でつぶやく。

「難しいみたいよねぇ」

咲耶が気の毒そうにいうと、ミヤがうなった。

「……あたいは、盗み得《どく》なんて許さない」

「っていったって、いつどこにそいつがあらわれるかわからない。友助さんも動きようがないよ」

三吉がなだめるようにいったが、ミヤは口をへの字に結んだままだ。

荒山神社の鳥居の前にたどり着くと、ミヤはふと思いついたようにいった。

「咲耶さん、ちょっと変わった柄の手ぬぐいとか、持ってない？」

ミヤは、右手を耳の横でちょいと曲げている。その姿を見て、咲耶はぽんと手を打った。

「……招き猫の柄の手ぬぐいがあるわよ」

「それ、頂戴《ちょうだい》！」

「呉服屋の売り出しの景品でもらったもので、新品じゃないけど」

「じゃ、ただでいい？」

「もらいもんでミヤからお金をとろうなんて、思ってないわよ」

ミヤは招き猫の手ぬぐいを受け取ると、すぐに長屋に戻っていった。

三日後、やってきた三吉がいうことには、ミヤは手ぬぐいの招き猫を切り取り、手持ちの緋色の腰巻きに縫いつけ、物干しに吊るしては盗人が来るのを待ち構えているという。

「友助さんが動かないんなら、自分がふんづかまえるって。……でもミヤはあれだから、すぐに飽きて昼寝しちまう。あんなんじゃ、また盗られちまうかもしれねえや」

「……猫だからねぇ」

ふたりは顔を見合わせ、ため息をついた。

◇◆◇◆

それからは曇りの日が続いた。

月が一巡《いちじゅん》すると、すっかり風も冷たくなり、荒山神社の境内《けいだい》の木々も日に日に色づきはじめた。鳥居の外に植えられている銀杏《いちょう》も黄金《こがね》色に変わった。

咲耶はこの季節になると、祖父母の家にいたころを思い出す。祖父母の家は、美しい里にあった。

山から駆けおりてくる紅葉《こうよう》は、鮮やかな錦《にしき》の織物のようだった。

もみじや銀杏の葉を咲耶は押し花にし、祖母の蔦《つた》の葉《は》と一緒に紙箱に貼りつけて、飾りにしたりした。

蔦の葉は、形や色の美しい葉をよくかいしきに使っていた。

色づいたもみじや小ぶりの銀杏の葉を、焼き魚や天ぷらの皿に添えたり、羊羹《ようかん》や饅頭《まんじゆう》の皿にあしらったり。蔦の葉との暮らしは旬の喜びに満ちていた。

ひさしぶりに、夕餉《ゆうげ》のお膳をもみじで彩《いろど》ろうと、咲耶が境内に出ると、ちょうどミヤが鳥居をくぐってこちらにやってくるところだった。

小紫《こむらさき》に大きな花が描かれた派手な着物を身につけている。島田《しまだ》の手絡《てがら》も小紫にそろえて、唇《くちびる》には紅《べに》もたっぷりつけ、普段より一段と気合いを入れてめかしこんでいる。

「お出かけ？　すごくきれいよ」

咲耶が微笑《ほほえ》むと、ミヤは柄《がら》にもなく身体をくねくねくねらせながら「おかたじけ……」とはにかんだ。

それから、ちょっと聞いてほしいことがあるといい、ミヤはすたすたと咲耶たちの家に向かった。歩きながらも袂《たもと》をふりあげたり、くるくる回したり、上機嫌なこと、この上ない。

「まさか……腰巻き泥棒を捕まえた？」

「……そんなんじゃない」

いつものように縁側に座り、咲耶が差しだしたお茶で喉《のど》を潤《うるお》すと、ミヤは目をしばしばさせ、ふうっと甘いため息をもらした。

「あたい、とうとう、いい人、見つけちゃったかも」

「ええっ。……お相手は……やっぱり化け猫？」

「ううん……お侍《さむらい》……」

咲耶は驚きのあまり、声も出ない。

昨晩、居酒屋マスやの暖簾《のれん》を外した後、ミヤは富士《ふじ》湯《ゆ》に駆けこんだという。

猫は水が嫌いといわれるが、人間のなりをしている化け猫のミヤは川で泳ぐのはまっぴらごめんでも、湯屋は好きで毎日通っている。

湯屋は日の出から日の入りまでだが、この時期は、日の入りに火は落として
も、湯が冷める宵《よい》五ツ（午後八時）ころまではあいていた。

すっかりあったまって、冷たくなった夜風に吹かれながら、いい気分で帰り道
を歩いていたところ、「娘さん。落とし物だよ」と、声をかけられたという。

「ちょうど稲荷神社にさしかかったところあたりよ」

「それがいい人？」

「先までちゃんとお聞きなさいな」

ミヤはつんと顎を上げて、続ける。

「そいつったら、ふり向こうとしたあたいの肩をひっつかんで、みぞおちにドン
と一発くらわせたの」

「ええ～～っ！」

「目から星が飛んじまった。頭も身体もくらくらしちまって……」

きゃ～っと悲鳴をあげた口も、手でふさがれ、かつぎあげられ、稲荷社の境内
の植え込みにひきずりこまれた。男はミヤにのしかかろうとしたという。

「あわやというそのときに……」

まるで他人事《ひとごと》のようにミヤがいう。

「どうしたの！」

「足音がしたの。そしてのしかかっていた男がぶっ飛んだ！」

――野郎。邪魔をしやがって――

――みだらなことをしでかそうとは不届き千万。武士とも思えぬ所行《しょぎょう》――

「その声といったら、ほれぼれするほど若々しく凛々《りり》しく、品があって……」

声のしたほうを見ると、白地の絣《かすり》に縦縞《たてじま》の袴《はかま》をはいた美形の若者が、すっと立っていた。

尻餅《しりもち》をついていた悪漢《あっかん》はあわてて立ち上がり、刀に手をかけたが、若者の隙《すき》のない立ち姿に勝ち目がないと思ったのか、ちっと舌《した》打ちして去っていった。

「娘さん、ご無事ですか。立てますか。って、あたいを抱き起こしてくれて、着物についた埃《ほこり》や土をはらってくれて、帰りが心配だからと、長屋まで送ってくれて。優しくって、かっこよくて強くって。……ナツメ型の大きな目、まっすぐの鼻梁《びりょう》、優しげな口元……猫にしたいくらいいい男なのよぉ」

頰を桜色に染めて、はぁ～っとまた吐息《といき》をもらす。

「ふいを突かれたのはうかつだったけど、ミヤなら、目に星が飛ぼうが、そんな悪漢、ひとりで簡単にやっつけられたでしょうに」

ミヤはふにゃっと笑う。

「そりゃあね。やつの目にぐさっと爪をたて、鼻のど真ん中にかみついて、なんならかみちぎってやろうとしたときに、その人があらわれちまったんだもん。うふん」

若者があらわれてくれたのが幸《さいわ》い、大怪我《おおけが》をまぬがれたわけで、悪漢はその若者に手を合わせてもいいくらいだ。

「名乗るほどの者ではござらぬ、なんていったけど。助けてくださった方のお名前を聞かずじまいでは、江戸の女がすたりますってお願いして……」

名前もちゃんと聞いたという。長年生きているだけあって、ミヤはやる気が入ったときには抜け目なく立ちまわる。

「……名前は成沢広太郎《なりさわこうたろう》さま……四国《しこく》のさる藩から派遣され、江戸に蘭学を学びにきて三年なんだって。それで毎日その時刻にその道を通るんだって」

――じゃあ、またお会いできますわね――

――年ごろのきれいな娘さんはこんな刻限に出歩いてはなりませんよ――

「なぁんていっちゃって……うわぁ、ほれぼれするぅ、む、胸が苦しいっ……」

ミヤは袂に顔を埋めたが、すぐに頭を上げた。

「だから何かお礼をしたいの。差しあげるとしたら何がいいかしらん。で、咲耶さんに聞きにきたわけ。マタタビや金魚やめざしってわけにもいかないでしょ……」

お礼は口実で、もう一度成沢さまに会いたいと、ミヤの顔にはでかでかと書いてある。

成沢にとって、ミヤはどう映《うつ》ったのだろうと咲耶は思った。……行きがかり上助けることになった、暴漢に襲われかけていた町娘である。ミヤは、見た目は、かわいい顔をしている。声も愛らしく、話す間《ま》もいい。

しかし話から推測する限り、成沢はまじめを絵に描いたような男だ。

武士は武士、町人は町人の世の中で、武士が町娘と恋仲になっても夫婦《めおと》になるのは難しかった。町娘が武家に嫁《とつ》ぐ際には、いったん、武家の養女となる手順を踏まなくてはならない。よほどのことがなければ、そんなことを引き受ける者はいない。お互い、遊びだと割りきれるのならいいが、本気の行き先はほぼ泥沼だ。

成沢はそんなこと、端《はな》からわかっているだろう。だとしたら、ミヤのことを好《この》ましく思ったとしても、つきまとわれたら困るだけではないか。

「何もしなくていいんじゃない？　たまたま助けることになっただけだし」

咲耶がそっけなくいうと、ミヤはうつむいて、ぽりぽりと座布団をほじりだした。とがった爪が見え隠れする。

「そんなつれない」

どんどん爪が出てくる。このままでは座布団がぼろぼろになりそうだ。

「本気で好きになっちゃったの？」

「……たぶん……」

「……簡単すぎない？」

「恋に落っこちるって、そんなもんじゃない？」

ミヤはうっとりと、両手で頬を押さえる。

誰の意見も耳に入らなくなる前に、思いとどまるようにミヤを説得しなくてはならない。

ミヤの暴走を止めるのは今だと、咲耶は丹田《たんでん》に力を入れた。

「成沢さまはミヤに何かしてほしいとか思ってないんじゃないかと思うけど」

「三吉と同じようなことといわないでよ。あたいがしたいの！　しないと気が済まないの」

ミヤがぴしゃりといい、咲耶をきっとにらんだ。

遅かった。ミヤの気持ちは走りだしていた。

咲耶は頭を抱えたくなった。たで食う虫も好き好きとはいえ、化け猫ときまじめな若侍の組み合わせでは、うまくことが運ぶわけがない。

せめてとんでもないことをしでかさないようにしなくては。

金魚ならまだしも、ミヤは生きた鯉《こい》や立派な鯛《たい》をぶら下げて行き、成沢を驚かしかねない。高価《こうじき》な魚を手に入れようと猫の姿に戻り、魚屋からかっさらって駆けてゆく三毛猫の姿が、頭に浮かんだ。

その青年の負担にならない無難なもの、かっぱらわずにミヤが買えるものは何か。咲耶は頭を巡らせた。

「……だったら、お饅頭《まんじゆう》とかはどう？　田舎《いなか》から江戸に勉学のために出てきている若者は年中腹をすかしているっていうし」

「漉《こ》しあん？　粒《つぶ》あん？」

「……半々？」

「何個？」

「八個はどう？　末広がりだし」

「さっすが、咲耶さん」

「お店できれいに包んでもらってね」

万が一にもかすめとらないように釘をさす。

「合点《がってん》です！」

縁側からぴょんと飛びおり、前のめりに歩きだしたミヤを、咲耶は「ちょっと待って」と呼び止めた。聞きたいことがあった。

「何？　もっと気の利《き》いたものがある？」

「そうじゃなくて……ミヤに襲いかかったという二本差し、とんでもないやつだと思って」

紅を塗ったミヤの唇がさけて、牙《きば》が飛び出た。

「猪《いのしし》みたいにがっしりしているやつだった。目が小さくてえらがはって。ぬり壁みたいにぺろんとした顔をしてて。……今度会ったら、ずたぼろに引きさいてやる」

数歩進んで、またミヤがふり向く。

「……式札とか貸してもらえないよね」

「なんで」

「式札を背中にぴたっと貼ったら、成沢さまの住まいがわかるかなって」

「貸せません」

「けち……じゃね」

ミヤはぱたぱたと歩いて行く。行き先はたぶん饅頭屋だ。

その日の夕餉には、かますの干物に笹の葉を、甘藷《かんしょ》の天ぷらには真《ま》っ赤《か》なもみじをあしらった。里芋《さといも》の煮《に》っ転《ころ》がし、かぶの塩もみ、宗高が好きな豆腐とワカメの味噌汁も並べた。

「おおっ、秋の味わいだな」

宗高はひとくち食べるごとに、うまいとくり返す。宗高が夢中に食べる姿を見ると、咲耶は幸せな気持ちになる。なんでもおいしく機嫌良くぱくぱく食べられることは、人としてえがたい美点のひとつではなかろうか。

食後にお茶をいれながら、咲耶はミヤが男に襲われそうになったと切り出すと、宗高は渋い顔になった。

「さぞ、怖かっただろう。ミヤは大丈夫か？　ひとりで町を歩くのを怖がったりしていないか？」

「気丈《きじょう》にふるまっていましたけど」

今はそれどころではないとはいえない。

「……女を動けなくして植え込みに連れこもうとするなんて……。それにしてもずいぶん手慣れた手口だ。女を襲ったのは初めてじゃないかもしれないな。通りがかったそのお侍がいなかったら、ミヤがどうなっていたかと思うと、ぞっとする」

大変だったのはたぶん悪漢のほうだが、咲耶は素直にうなずいた。

「宗高さんのいうように、逃げられずに、男の餌食《えじき》になった女の人もいるかもしれませんね。そんな目に遭《あ》ったと人には知られたくないから、女はなかなか訴え出られないもの……」

咲耶はやりきれない思いになった。襲われたことが世間に知られると、女は傷物《きずもの》扱いされかねない。

「それをわかってやっているのかもしれん。卑怯《ひきょう》なやつだ。……友助さんの耳に入れておいたほうがいいな」

「ええ」

これ以上、その男のせいで女が泣かされるなんてごめんだ。なんとか手を打たなければと、咲耶は唇を引き結んだ。

◇◆◇◆

腰巻き泥棒が捕まったのは、その四日後のことだった。

招き猫が縫いつけられたミヤの緋色の腰巻きを盗もうとしたところを、長屋の女たちに見つかったのだ。

「腰巻きを懐《ふところ》につっこんだ泥棒を、女たちがわ～っと取り囲んで……」

友助配下の下っ引《したぴ》きに呼ばれて長屋に駆けつけた宗高と咲耶に、三吉が捕り物の様子を語った。

「やつは追い詰められて、板塀をよじのぼって逃げようとしたんです。その足をよってたかって、つかみ、ひきずりおろし、あっという間にふんづかまえて……女ってもんはいざとなれば夜叉《やしゃ》にもなるとは聞いていましたが、ほうきやはたきをふりまわして、追いまわしているさまは戦場もかくやといわんばかりで……」

いやはやと首をふった三吉を見ながら、宗高は目を丸くしている。

「……三吉はまだ十《とお》……だよな。……不思議だ。おまえと話していると、同年配、いや、年上の分別《ふんべつ》のある男と話しているような気がする……」

三吉があっと口を手でふさぎ、きゅっと首をすくめた。

三《み》つ目小僧《めこぞう》として、長くこの世に存在してきたことを知られないよう気をつけているのだが、お互いに正体がわかっている咲耶といるとつい気がゆるんで、地《じ》がのぞいてしまう。

そのうえ、普段はぼんやりしている宗高は、何の拍子かごくたまに、ものごとの本質をずばりとらえることがあるのだ。

「三吉はミヤの弟だし、代書屋《だいしょ》でも働いていますし。世間の風に早くからあたっていますから。門前の小僧よろしく、耳学問をいっぱいしているんでしょう」

咲耶があわてて言い添える。宗高はしゃがんで三吉の両肩をつかんだ。

「いいんだぞ。そんなにものわかりがよくなくても。三吉！　ゆっくり大人《おとな》になればいい。子どもは時が来れば、いずれ必ず大人になるんだから」

宗高に頭をなでられた三吉は、ちょっと困ったように笑った。

「で、ミヤはどこに？」

咲耶はミヤの姿を探してあたりを見まわした。三吉が短く息をはく。

「出かけてるんです」

「あら、ミヤが自分の招き猫腰巻きをおとりにして、毎日見張っていたんじゃないの？」

「姉さんは今、泥棒のことなんて、すっかり頭から吹っ飛んじゃってて。でもせっかく作ったおとりの腰巻きだからって、共同の物干し竿《ざお》に干して、長屋のおかみさんたちにちゃっかり見張りを頼んでいたんです」

三吉はいかにもかわいらしくいって、咲耶に目配せする。

泥棒にとっては幸いだったかもしれないと咲耶は心の中でくすりと笑った。はたきやほうきでひとつやふたつぶっ叩《たた》かれたとしても、ミヤにひっかかれたり、かみつかれたりするよりは何倍もましだ。

泥棒はすでに岡っ引きの友助に引き渡され、番屋に連れて行かれたという。

咲耶と宗高は三吉とともに番屋に向かった。

男は後ろ手に縛《しば》られ、うつむいたまま柱《はしら》にくくりつけられていた。

男のいるところは闇《やみ》だまりのように暗く、顔がはっきりと見えない。

書き役が、咲耶たちを招き入れ、座布団をすすめた。

「南茅場町《みなみかやばちょう》の甚兵衛《じんべえ》長屋に住む、佐平治《さへいじ》という男です。生業《なりわい》は、貸本《かしほん》の行商だと、案外素直にはきまして、今、友助さんたちが、長屋をあらために行ったところです」

本は高価で、安いものでも一冊で職人の手間賃三日分はしてしまう。そのため、本好きの町人だけでなく、武士も多くが貸本を利用していた。一人の貸本屋のお得意様は一八〇軒をくだらず、江戸の町では貸本屋はひっぱりだこだった。

南茅場町は八丁堀《はっちょうぼり》の日本橋川沿いにある町だが、荒山神社のあたりにもお得意様があり、行商のついでに盗みを働いていたと白状したという。

佐平治は、うつむき、目を閉じている。重い本をかつぎ、町から町へと歩くせいか、背は高くないが、よく日に焼け、がっちりと締まった身体つきだ。

「二十四にもなって、こんな不面目《ふめんぼく》なことで捕まって……ほんとに馬鹿だよ」

書き役が皮肉な調子でいった。

その声に、佐平治が目をあけた。ちまちまとした目鼻立ちで、二重《ふたえ》まぶたの目はけだるくとろんとしている。

がらっと戸があき、友助が入ってきた。後ろに、年配の男ふたりが続く。ひとりは世慣れた様子の五十がらみの男で、もうひとりはもう少し年上の白髪《しらが》頭だ。

「佐平治！　馬鹿なことをしでかして……魔がさしたんだろ？」

白髪頭の男が雪駄《せった》を脱ぎ捨てるようにして上がってきて、佐平治の前に座ると両肩に手をかけた。細身の身体をぱりっとした着物に包み、博多献上《はかたけんじょう》をしめている。

「佐平治がつとめている貸本屋《中野屋《なかのや》》の主《あるじ》です。もうひとりは、長屋の差配人で……」

友助が低い声で、宗高や書き役に耳打ちした。

「おめえはそんな男じゃねぇ。そのことは私がよっくわかってる。十四からうちに住み込み、十八からは通いになったが、雨の日には傘を持ち、風の日には頰かむりして……歩きに歩き、お得意さんからかわいがられて……まじめが歩いているような男だったじゃねえか」

中野屋は佐平治にこんこんとかき口説《くど》くようにいった。

差配人は友助たちに両手をついた。

「中野屋さんが言う通り、佐平治はこんなことをしでかす男じゃござんせん。きまじめで几帳面《きちょうめん》な男で、毎朝、同じときに家を出て、帰りに居酒屋で一杯やることもなし、怪しげな店で女を買うなんてこともありやせん。長屋の者とけんかしたこともないし、だいたい大声を聞いたことさえない。……昨年、夫婦別れしてひとり暮らしになってからも、部屋の掃除を欠かさず、井戸さらいなど長屋の行事にも必ず顔を出し、佐平治を悪くいう者など、長屋にはひとりもおりゃしません」

夫婦別れは、女房の浮気が原因だったと差配人はいい、また深々と頭を下げた。

「どうか、穏便な御沙汰《ごさた》を……」

友助はくさい顔のまま、ぶら下げてきた風呂敷包みを引き寄せ、結び目をほどいた。

「えっ」

「うわっ」

宗高と書き役、中野屋も差配人もが風呂敷の中からあらわれたものを前に、あっけにとられた。

何枚あるのだろう。緋色の腰巻きが積み上がっていた。

「てめえの押し入れにつっこんであった。十三枚だ。盗みに盗みやがって……」

友助は顎を上げ、佐平治をにらみつける。

「……も、申し訳ありやせん」

うなだれて、口ではそういったものの、腰巻きを見た佐平治の目が光ったのを、咲耶は見た。その口元がちょっとゆるんだのも。

その表情を見て、咲耶はいやな気持ちになった。

佐平治は盗みを悔やんでいない。店の主や差配人が自分のために岡っ引きに頭を下げ、罪を軽くしてほしいと頼みこんでいるのに、自らの行ないを改めようとは思っていない。運悪く捕まっただけだと、佐平治の顔に書いてある。

そして次の瞬間、ふっと、佐平治の顔にもうひとつの顔が重なった。頬は落ちくぼみ、糸のように細くなった目、垂れた白髪眉、干した梅のように顔中しわくちゃな……年老いた男の顔だった。

咲耶の背筋がざわざわと泡立った。

佐平治に重なった顔……それは妖怪・異爺味《いやみ》だ。

若い女の着物を着て、後ろ姿だけを見て美女だと思って声をかけてきた人に、自分の顔を見せて脅《おど》かす妖《あやかし》だ。人を驚かせるだけでなく、人の正気を吸い取り、その身体をのっとることもある。

「なんでまた、緋色の腰巻きばかり……」

宗高がひとりごとのようにつぶやく。友助が即答する。

「そりゃ宗高さん、緋色の腰巻きといえば若い女のもんだ。かみさん恋しさのあまり、こいつぁ、たがが外れちまったんだな」

佐平治が若い女が好む緋色の腰巻きを次々に盗んだのは、異爺味のせいだと、咲耶は唇をかんだ。

だが、妖怪だって、たやすく人にとり憑《つ》けるわけではない。充実した日々を送っている者には隙《すき》がない。とり憑こうとしてもはじかれて終《しま》いだ。

やつらが求めるのは、心に空白を抱えた者だ。

女房と別れてもなお、文句のつけようのないきちっとした暮らしをしていた佐平治を慰《なぐさ》める者はいたのだろうか。ともに食事をとり、お茶を飲み、たまには盃を重ね、日々の憂《う》さを晴らすような話をしあう友や知り合いはいたのだろうか。

女房が他の男に走ったのは、女房だけが悪かったのだろうか。佐平治は女房と、今日あったことを話したり、笑いあったりしていたのか。ただ一緒に暮らすだけでは、人の気持ちは満たされない。

いずれにしても、女房に去られ、家に帰ればひとりで、親しく話す人もない佐平治の心にぽっかり隙間ができ、そこに生まれた闇に引き寄せられたように異爺味が棲《す》みついたのではあるまいか。

佐平治は異爺味に選ばれたのだ。

「こんな恥をさらしちまって、もう世間に顔向けできねえよな」

友助が言い捨てる。

こくりとうなずいた佐平治の口元にもう一度、笑みのようなものが浮かぶ。

ぞっとするほどいやな笑いだ。

異爺味がとり憑いた佐平治には、もはや世間などというものはないのだろう。

入り口からミヤの声がしたのはそのときだ。

「腰巻き泥棒が捕まったって？」

ミヤはばたばたと中に入ってきた。咲耶と宗高に首だけで挨拶《あいさつ》をし、佐平治をじろじろと見て目を丸くした。

「ありゃありゃ。そういうことだったのね」

佐平治に異爺味がとり憑いていると、ミヤはひと目で悟ったらしい。咲耶がすかさずミヤを目で制す。それ以上の言葉をのみこんだのは、ミヤにしては上出来だった。

ミヤが、尻尾つきの腰巻きと招き猫の腰巻きを自分のものだと指さすと、友助はぷっと噴き出した。

「ずいぶん、変わった趣向《しゅこう》じゃねえか。猫の尻尾に招き猫なんて……おめえ、猫好きなのか」

「そうでござんす。あたいの名のミヤが、猫の鳴き声に似てますもんで」

すかさず、ミヤは招き猫のように腕を曲げて、ミャ〜ッと鳴いてみせる。

「きゃんな姉ちゃんだな」

友助はミヤのことを気に入ったように笑い、三吉の頭をぐりぐりとなでた。

ウメの腰巻きもあった。

「あ、これ……」

龍の柄のつぎあてがされてあるその腰巻きを手に取った咲耶を見て、友助の口がぽかんとあいた。咲耶のものと誤解したらしい。

あわてて咲耶は手を横にふる。

「……私じゃなくて……氏子のおウメさんのもので……」

「下駄《げた》屋の隠居の？　ウメ婆？」

友助は目をむき、ごくりと唾《つば》をのみこみ、それからポンと手を打った。

「これが盗まれたと届けてきたやつか。しかし……こんな派手な腰巻きを、あのバアサンが？　人は見かけによらねえもんだ」

「なんでも還暦の祝いでもらったとか……」

佐平治がくるりとふり向いた。驚きのあまり、白目をむいている。

「還暦？　六十？　ずいぶん前のことじゃねえのか」

「すり切れたので、手持ちの手ぬぐいを縫いつけたとか」

咲耶が腰巻きを小風呂敷に包みながらいう。

友助がうへえとつぶやくと、佐平治は苦いものをかんだように顔をゆがめた。

◇◆◇◆

ミヤは居酒屋マスやの仕込みがあるとさっさと帰っていったが、三吉は咲耶と宗高の後をついてくる。その様子から、何か話がありそうだと窺《うかが》い知れた。

家に戻ると、宗高はすぐに着替えて、夕拝のため拝殿に向かった。

咲耶は縁側に腰かけた三吉に、中へ入るようにいった。夕暮れが迫り、風が冷たくなっている。

「異爺味だったね」

芋羊羹とお茶を前に置くと、三吉がぽつりといった。

「あいつにとり憑かれたんじゃ、佐平治さんはずっとあのままだ」

「どうしたもんかしらねぇ」

「大木屋のゲドウ、佐平治の異爺味……なんで人に憑くんだろうな。あいつらみたいなのがいるから、妖怪は人に忌《い》み嫌われるんだ」

投げやりにいった三吉に、咲耶は怪訝《けげん》な目を向けた。

「ゲドウも異爺味もそういうものだから……でも、三吉やミヤは違う。人に悪さをせずに生きてる妖怪だってたくさんいるじゃない」

「わかってねえな、咲耶さんは。人の目に触れるのは、人を脅かす妖怪だったり、人にとり憑いて悪さを働く妖怪だ。人にとって妖怪はみな恐くて気持ち悪いものなんだよ。……おいらが三つ目小僧で、ミヤが化け猫だとわかったら、長屋の連中は腰を抜かす。手習い所の友だちだって、逃げて行っちまう。妖怪だってのは、そういうことだ」

咲耶は三吉の気持ちを思うと切なくなった。三吉は人が好きで、小さい子には優しく、年寄りには親切だ。三吉のことを嫌う人にお目にかかったこともない。

並の人間より人間味があって、人の世界での暮らしを楽しんでいるように見えた三吉が、そんなことを口にするのははじめてだった。

湯呑みにお茶をつぎ足し、咲耶は膝を進めた。

「何かあったの？」

三吉は言葉に詰まったように口ごもった。

「ミヤのこと？」

片方の口の端を持ち上げ、三吉は居心地悪そうに小さくうなずく。

「湯屋の帰りに助けてもらった成沢ってお武家に……ぞっこんになっちまって」

ミヤは料理などしたこともなかったくせに、自分で飯を炊き、おむすびを握り、砂糖をはりこんで甘い卵焼きを作り、成沢に届けたりもしている。

「向こうは勉学で忙しいからって、邪魔にならないようにって、柄《がら》にもなく気を遣って相手の都合に合わせてさ。家でも、その男のために縫い物をしたりして……」

成沢もだんだんその気になってきた気配だという。

「人に惚《ほ》れたって、しょうがないのに。んなこと、骨のずいからわかってるくせに、何を考えてるんだか。化け猫の唐変木《とうへんぼく》は！」

話しているうちに怒りがこみあげてきたらしく、三吉は荒い言葉を立て続けに吐いた。

「やっぱりあほなんやなぁ。あの化け猫は。妖が人を好きになったってしょーもないっちゅうに。つける薬はあらへんなぁ」

金太郎が話に入りこんできたが咲耶は無視した。三吉の心配はもっともなことだからだ。

「そんなに成沢さんて、いい人なの？　ミヤが首ったけになるほど？」

成沢は、下級武士の家の生まれの十九歳。子どものころから群《ぐん》を抜く賢《かしこ》さでとりたてられ、藩命で三年の江戸留学の機会を得《え》た。蘭学《らんがく》、主に医学を学んできたという。

「世間ずれしてねえ、純な男なんですよ。困ったことに」

三吉がため息をつく。

「いずれは故郷に戻らなきゃならないんでしょ」

「その三年目が今年の秋なんだって。田舎《いなか》には年老いた祖父母、半武士半農で食いつないでいる両親、妹や弟三人がいて……」

「……浮かぶに浮かばれん、びんぼにんやな。世の中、賢いだけで食うていけるもんやない。この先もしんどいなぁ」

金太郎がまた話に入ってきたが、これも無視だ。

「じゃあ、成沢さんはもうすぐ故郷に戻るってこと？　だったら、ミヤはかわいそうだけど、それで切れるん……」

「さあ、どうだかっ」と、三吉が強い口調で咲耶の言葉を遮《さえぎ》った。

先日、ミヤを送ってきた成沢が「別れがつらいから、もう会うのはよそう」といったのを、三吉は聞くともなしに聞いてしまったという。

しかしミヤは首を横にふった。

――今は別れた後のことなんか考えたくない。会いたいの。先のことなんざ、どうだっていいじゃない――

「歯の浮くようなせりふをいけしゃあしゃあと……さすが化け猫」

金太郎が茶々《ちゃちゃ》を入れる。けれど、咲耶はミヤの気持ちがわかるような気がした。

先のことを考えず、今だけを楽しむのはミヤの生き方そのものだ。先を読んで悩む三吉のほうが妖怪界隈《かいわい》では珍しい。

「ミヤが無理を通そうとしなければいいけれど」

咲耶は眉《まゆ》をくもらせた。

化け猫は楽しかったらそれでいい。好きなことだけやる。自分の我《が》を通さずにはいられない。

◇◆◇◆

ミヤに乱暴を働こうとした男は、それから数日後の晩にあっけなく捕まった。

男はよりによって、ミヤをまた狙ったのだ。

長屋の娘が男を捕まえたというので、またまた宗高と咲耶と三吉があわてて番屋に駆けつけると、泣き真似《まね》をしたミヤが書き役の男に慰められていた。

柱に縛りつけられているのは、二十をいくつか過ぎたばかりの武士だった。

お手柄は猫だったと、友助は感心したようにいって、咲耶をひやりとさせた。

「長いこと十手《じって》をあずかってるが、猫が暴漢をやっつけたなんざ、はじめてだ」

男が襲いかかってきたとき、ミヤはたまたま猫を抱いていたという。

「たまげた猫が、こいつの頬と額《ひたい》を血が飛ぶほどガリガリとひっかき、、その拍子に足がもつれ、自分で切り株に頭をぶつけて、気を失ったってんだから。お猫さまさまだ」

「たまたま抱いていた野良猫《のらねこ》があたいを助けてくれて……」

殊勝《しゅしょう》にミヤが小声でつぶやく。

「おミヤちゃんが腰巻きに猫の尻尾をつけるほど猫好きだってのが幸いしたな。もう、泣くな。助かったんだから」

友助は慰めるように、ミヤにいう。

「……はい」

友助にうなずくと、袂《たもと》で顔を隠したまま、咲耶をふり向いてミヤはべろを出した。ミヤがとっさに鋭い爪で男を切り裂き、飛びあがりざま、両足で男の頭を蹴り、木の切り株に激突させたというのがほんとの話だろう。

男は憎々《にくにく》しげに天井をにらんでいた。どんぐり眼《まなこ》も分厚い唇も不満げにゆがんでいる。えらがはった顔は、意固地《いこじ》さを感じさせた。

転んだときに埃にまみれたのだろう。見るからに上等な着物がところどころ白く汚れている。書き役の傍《かたわ》らに置かれた、その男のものらしき二本差しも意匠《いしょう》が凝《こ》っている。

まもなく町奉行所の同心《どうしん》・長坂駒之助《ながさかこまのすけ》が駆けつけ、男の調べがはじまった。長坂は眠っているような細い目をした、四十をひとつふたつ過ぎた男だ。早くも孫がいて、仏《ほとけ》の長坂ともいわれている。

長坂が名を尋ねると、男は激高《げっこう》した声をあげた。

「私を誰か知っての狼藉《ろうぜき》か。今すぐ、縄をほどけ。……娘を襲おうとしただと？　そんなことは一切、あずかり知らぬ」

「そうしてやりたいのは山々だが、まず名前と、しでかしたことを聞かねえとどうするわけにもいかんのよ。この娘の話によると、あんた、娘を稲荷神社に連れこみ、乱暴しようとしたというじゃねえか。それも二度目だって？」

「とんだ言いがかりを……」

「額と頬のひっかき傷は、娘が抱いていた猫の仕業《しわざ》だろ」

男の顔が朱に染まる。額と頬に三本ずつ、深い傷がついている。

武士にとって、額の刀傷《かたなきず》は顔を背《そむ》けることなく敵に向かった証《あかし》であり、天下御免の向こう傷とほめられるものだが、相手が猫では話にならない。

「血は止まったようだが、赤くふくれて腫《は》れてるぜ。痛かっただろう。泡を食って、足がもつれて当たり前だ。それで転んで木に頭をぶつけ、襲おうとした娘に襷で手足を縛られたっていうじゃねえか。そうだな、友助、おミヤ」

「へえ、確かに茜色《あかね》の襷《たすき》で縛られておりやした」

「襷で縛ったのはあたいです」

男はぎらっとミヤをにらんだ。

「おれは旗本《はたもと》・諸岡兵衛《もろおかひょうえ》の息子、吉之助《きちのすけ》だ。不浄《ふじょう》役人の手にはかからぬ」

同心は江戸の華といわれるほど庶民には人気がある職業だが、罪人を扱う汚れ仕事とされ、御家人や旗本の中には、不浄役人とさげすむ者もいる。

長坂は不浄役人といわれても、顔色を変えなかった。へらず口は右から左に聞き流し、しゃらっと尋ねる。

「住まいはどこだ？」

吉之助は口をつぐみ、ぷいと明後日のほうを見た。

「おまえが述《の》べていることが本当かどうか、旗本とやらのお父上にお尋ねしないと、残念ながら解き放ちはできねえんだよ」

「久松町《ひさまつちょう》……」

吉之助はなげやりに言い捨てた。

長坂がうなずき、友助を見る。

「行ってきてくれるか。お宅様の息子の名を騙《かた》る男が、女を襲って番屋にとめおかれているので首実検《くびじっけん》をお願いしてえ。もし本物なら、お引き取りいただきてえとな」

久松町は目と鼻の先だ。

友助が出ていくと、ミヤが憤懣《ふんまん》やるかたない表情で立ち上がった。

「この男、解き放ちになっちゃうの？　そんなぁ。あたいのこと、二度も襲ったのよ。襲われたあたいがいってるのに」

宗高がミヤの肩をつかみ、まあまあとなだめつつ座らせる。

「お侍は町奉行所の管轄《かんかつ》外だから、もし本物の諸岡吉之助なら、解き放つしかないんだよ」

「やだ。またこの男があたいを襲ったらどうすんのよ」

相手がミヤなら男の額の傷が増えるだけだが、他の娘が襲われたら目もあてられない。咲耶もやるせない気持ちになった。

町奉行所の権限は町人に限られている。ただ、武士が町で罪を犯したり、町地に逃げこんだ場合は、咎人《とがにん》の上役《うわやく》が若年寄《わかどしより》に上申《じょうしん》し、若年寄が町奉行所に逮捕を命じるという手続きを踏むことができる、とはされている。

その手続きがなされない限り、町奉行所は侍を捕らえることはできず、吉之助が本物の旗本の息子だとわかれば解き放ちとなる。

武士を裁くのは評定所《ひょうじょうしょ》だった。

「吉之助さん、奥方にこんなことが知られたら大事《おおごと》じゃないのか」

ふいに宗高がいった。吉之助の目玉がぎょろりと動き、宗高をとらえる。

「ご心配いたみいるが、あいにくそんなものはおらん」

「とすると、次男か？　三男か？」

「………」

ぎりぎりと吉之助が奥歯をかむ音が聞こえるようだった。武家では嫡子《ちゃくし》の長男が家督《かとく》を相続をするため、次男三男は、長じて家の居候《いそうろう》となる。よほどの出来《でき》物《ぶつ》以外、役目も与えられず、自ら未来を切り開くことはできない。

――悪いのはおれじゃない――

咲耶の胸に、吉之助のだみ声が聞こえた。

――悪いのは女だ。悪いのは親だ――

吉之助の心の中に渦《うず》巻《ま》く黒い感情が見え、咲耶ははっとした。

続いて吉之助の記憶が咲耶になだれこんできた。

十代から吉之助は悪所《あくしょ》通いをするなど、悪い遊びをしてきた。吉之助の行状《ぎょうじょう》をいさめようと、親は財布の紐を締めたが、借金をしてまで遊び続け、結局親は尻ぬぐいに明け暮れた。

そして年頃になったとき、これまでの所行《しょぎょう》を吉之助は悔いることになる。縁談が来ない。養子に行くことだけが、自分の身を立てる道なのに、遊び癖《ぐせ》のある不真面目で節操《せっそう》のない男という噂《うわさ》があるからと、吉之助は丁重に拒絶された。

――女の分際《ぶんざい》で、おれを断るとは……だったら町娘をもてあそぶまでだ――

これまではすべてうまくいった。だが、あのちゃらちゃらとした町娘は……田舎侍が踏みこんだとき、あいつはおれを見て笑っていた。あの屈辱《くつじょく》は忘れない。今度はうまくいくはずだったのに、猫はどこからあらわれたんだ。猫なんか本当にいたのか？……憶《おぼ》えていろ。今度こそ、力尽《ちからづ》くで――

吉之助には何も憑いていない。心がねじ曲がっているだけだ。

こうなったのも自分がまいた種だと認めず、己の不幸を世の中のせいにしている。

だが、このままでは旗本という力を使い、すべてをなかったこととされてしまう。それは野獣を再び野に放つということだ。それだけは避けなければ。娘たちに、町の人に吉之助の悪行を知らせなければ。

咲耶はこっそり三吉を手招きし、さりげなく耳打ちした。三吉は目配せをして番屋を出ていった。

「何か事件がありましたかい？」

ひょろりと男が入ってきたのは、それからすぐだった。

「なんだ、おめえは」

「お武家が娘を襲ったって、外でみなが話してるのを耳にしましてね」

書き役が外に飛び出すと、二重三重に番屋を人が取り囲み、ひそひそと事件のことを話している。

「そいつが襲ったのはおミヤちゃんだけじゃないよ」

「表沙汰《おもてざた》にできないで、泣き寝入りしてる娘もひとりやふたりじゃない」

「お旗本だって？　まさか不問《ふもん》にするなんてことないよね」

「逃げおおせた娘はおミヤちゃんだけかもしれないんだよ」

顔を見せた書き役に、女たちが声をぶつけた。知り合いが毒牙《どくが》にかかったことがあったのか、涙ぐんでいる女もいる。

番屋の中で、男は立ったまま、まじまじと吉之助を見て、低くつぶやいた。

「虫唾《むしず》が走るその顔、憶えておこう」

「かかずりあいのないもんは、出ていってもらおうか」

長坂が手をふると、男は首をすくめ、書き役と交差するように出ていく。咲耶はミヤの膝を叩き、男の後を追うように合図した。

「外の風にあたってきます」

「すぐ戻ってこいよ」

長沢にうなずき、音もなくミヤは立ち上がった。

「久松町の旗本の吉之助って男が、あたいを二度も……抱いていた猫がね……」

男に事件についてを語るミヤの声が外から聞こえた。

やがて友助が、諸岡家の用人《ようにん》を伴って戻ってきた。

用人が、「確かに諸岡家の若でございます」と渋い顔で請け合うと、すぐに吉之助の縄は解かれた。

「妙な言いがかりをつけられてな。往生した」

吉之助は縛られていた腕をさすり、にやりと笑う。

用人は厳しい表情を崩さないが、吉之助は頓着《とんちゃく》しない。

「その女に声をかけたら、猫にひっかかれた……ただそれだけの話だ」

先ほどまでとは打って変わって、余裕たっぷりみなを見まわした。

「女を甘く見ると……額の傷だけじゃすみませんよ」

意気揚々《いきようよう》と番屋を出ていく吉之助に、咲耶は低い声でつぶやいた。

◇◆◇◆

吉之助は結局、評定所には送られなかった。旗本の父親が知り合いの役人に根回しして、事件そのものをもみ消した。

「金も縁故《えんこ》も、あるもんは全部使ったらしいっす。くたびれもうけの手本みてえなことになりやした」

顚末《てんまつ》を報告にきた友助は心底、がっかりした顔でいった。雲が重くたちこめ、銀杏の黄色が一層鮮やかに見える午後だった。

「侍は家名に傷をつけるわけにはいかないからなぁ。家中から咎人《とがにん》を出したら、何代にもわたって冷や飯を食うはめになりかねない。下手《へた》をすれば閉門《へいもん》だ……。しかし、吉之助のしでかしたことは、必ず人の口にのぼる。侍が何より大事にしてる面目《めんぼく》も丸つぶれだ。友助さんたちが吉之助を捕らえたのは、無駄じゃなかったと思うがな」

宗高が元気づけるようにいうと、友助はへへへと力なく笑った。

そして翌日、ミヤと三吉が咲耶の元に駆けこんできた。

「これ、見て！」

ミヤが得意げに手渡した読売《よみうり》を見て、咲耶はにんまりと笑った。

額と頬にひっかき傷が三本ある憎々《にくにく》しげな侍の首絵。「娘を襲う旗本一代男」とある大きな文字。下段には続けてこうあった。

――久×町の諸〇吉〇助は町娘を狙っては襲い続けてきた卑怯卑劣《ひきょうひれつ》な下半身男である。旗本の息子であるがゆえに咎はまぬがれると高《たか》をくくり、罪を重ねてきたが、襲おうとした娘の抱いた猫に反撃をくらい、額に三本、頬に三本、すさまじき爪をたてられ、転んで木の切り株に頭をぶつけて気を失うという不面目。金にあかして、事件はもみ消したが、天下御免のひっかき傷が黙っていない。額の爪の跡、すなわち、娘を襲う旗本一代男也――

あの日、番屋にひょろっと入ってきたのは、咲耶が三吉に頼んで呼んできてもらった読売屋だった。まいた種が芽を出すように、読売屋は吉之助という絶好のネタを仕入れ、大々的に書き立てた。

「諸岡吉之助は、これでは当分、外に出られんな。いや、一生、悪い噂がついてまわりそうだ」

読売を読みながら、宗高がつぶやく。

「跡が残るほど、もっとがりがりひっかいてやればよかった」

そういったミヤの袖を三吉がひき、口を閉じろと目でいさめる。宗高が驚いたように顔を上げた。

「ひっかく？　ミヤがか？」

「そ、そう……あ、あたいが猫だったらの話」

「私が猫でも思いっきりがりがりやっちゃうわよ」

咲耶も急いでミヤに話を合わせた。三吉は笑いをかみころしている。

「ミヤや咲耶さんが猫だったら、男は無事じゃいられなかったよね」

「いや、そのくらいやったほうが、あの男も自分の所行を悔いたかもしれん」

宗高は笑みを消していった。

腰巻き泥棒の佐平治には「急度叱《きつとしか》り」の沙汰がおりた。

名主《なぬし》、家主《いえぬし》など顔役とともに、町奉行所で奉行にきつく叱責《しつせき》され、「畏《おそ》れいりました」と返答する刑である。公《おおやけ》の場所で叱られる恥が刑であり、しばらくの間は世間に顔向けできなくなる。

宗高は、戻ってきた佐平治がこれ以上罪を犯さないように祈禱《きとう》を行なった。咲耶はこのとき佐平治にとり憑いた異爺味を祓《はら》ってやったが、佐平治が孤独という闇を手放さなければ、またとり憑かれるかもしれなかった。

◇◆◇◆

日に日に秋は深まり、通りを落ち葉が走っている。鳥居の前の銀杏もばらばらと葉を落としはじめていた。銀杏の葉は、行き過ぎる人の履き物にひっつくので、宗高は落ち葉はきに余念《よねん》がない。

ミヤと成沢の淡《あわ》いつきあいは続いているようだった。ミヤは諸岡吉之助の一件以来、顔を出していない。

成沢が故郷に帰るのは秋といっていたことを、咲耶は忘れてはいなかった。

その日、ミヤの姿を境内で見かけたとき、咲耶ははっとして、ご神木《しんぼく》のモチノキの陰に身を隠した。

ミヤは青年と一緒だった。若く凜々しい侍だ。成沢に違いなかった。

ふたりは賽銭箱《さいせんばこ》に銭《ぜに》を入れ、手を合わせると参道《さんどう》を戻っていく。

咲耶がたたずむ木のそばで、ミヤは足を止めた。

「これを持っていって」

ミヤは懐《ふところ》から何かの束を取り出した。

「お守りよ……大国主命《おおくにぬしのみこと》や少彦名神《すくなびこなのかみ》の……医薬を司《つかさど》る神様が、成沢さまをお守りくださるようにと」

「こんなにたくさん……」

「どの神社のものがいいかわからなくって、江戸の神社を回って、片っ端《かたぱし》からいただいてきたの。産土《うぶすな》さまの前でいうことじゃなさそうだけど」

成沢はお守りの束を見つめ、胸が詰まったようにうつむいた。

「……おミヤさんが武家の娘なら、一も二もなく、嫁《よめ》にと……」

その声を消すように、ミヤは甲高《かんだか》い声で笑った。

「何をおっしゃいます。あたいは根っからの町娘。成沢さまはお武家さま。あたいみたいなおなごが成沢さまと一緒になれるわけがないじゃない。そんなこと、あたいがいっちわかってる。お気遣いは無用です」

だが、成沢はミヤの腕をつかみ、引き寄せ、抱きしめた。ミヤは驚いたように目を見開いたが、成沢の腕の中ですぐに目を閉じた。

「はじめて心底好《いと》きになったおなごがおまえだ。笑い顔も、その声も、強がるところもすべてが愛おしい。離したくない……」

「成沢さま……」

ふたりのまわりだけ時間が止まったようだ。どれくらい抱き合っていただろう。ミヤは成沢の腕をすりぬけた。

「先に行ってくださいな。ふり向かずに……あたいはこれで十分……」

成沢は空をあおいだ。それからまっすぐにミヤを見つめた。目の縁が赤かった。

「どうぞお健《すこ》やかで。……失礼いたす」

深々と一礼するときびすを返し、成沢はミヤから離れていく。昂然《こうぜん》と顔を上げ、一歩一歩進んでいく。

成沢の姿が見えなくなると、ミヤはふり向いて、咲耶が隠れていた木を見た。

「見てたんでしょ」

咲耶は木の後ろから姿をあらわした。

「堪忍《かんにん》。……見る気はなかったんだけど出ていくこともできなくて……」

言い訳めいた口調になったのは、ミヤの柔らかい心の中をのぞいてしまったような気がしたからだ。

「行っちゃった、あの人。ふり向きもしないで。さっさと家にお帰りだ……はじめからわかってたことだもん。これでよかったんだ。いたわりなんかいらないよ」

ミヤは咲耶の言葉を封じるようにいい、さっき成沢がそうしたように空をあおいだ。

「……まじめで優しいあの人はきっと、お国の人々から慕《した》われる医師になる。病《やまい》の人を救う医師になる。……あたいはただの化け猫。行儀作法も知らないし、窮《きゅう》屈《くつ》な暮らしにも縁がない。あの人が死んでもあたいはずっと生きる……たとえ万万が一、一緒になってもうまくいきっこなんかない……わかってるんだ、そんなことは」

好き勝手なことをして暮らすんだと胸を張り、ときには平気で暴言を吐き、まわりから悪口雑言《あっこうぞうごん》を浴《あ》びようと背中ではじき返し、けろっとしている化け猫。けれど、ミヤだって鼻の奥がつんっと痛くなることはある。爪をたてられれば胸から血が流れる。唇を一文字に結び、じっと耐えることだってある。化け猫だから選べない未来もある。

ミヤはふいに涙をほろりとこぼした。咲耶はその背中を黙ってなでた。

優しい言葉も甘い慰めも、式神だって、こんなときには役に立たない。ぬくもりで気持ちをちょっとだけ癒《い》やすことしかできない。

◇◆◇◆

「とりゃ〜」

宗高はこのところ、木刀の素振《すぶ》りをするようになった。

――世の中には、諸岡吉之助のような悪漢《あっかん》がいる。咲耶に何かあったときに、守れないようでは男として話にならん――と。

「はりきってるね、宗高さん」

気がつくと、ミヤが隣に立っていた。足音を忍ばせて近づくなと年がら年中、頼んでいるのに、ミヤは右の耳から左に流すだけで、気がつくとそばにいて咲耶をいつも驚かせる。

「少し落ち着いた？」

「まあね。また青春が終わった感じ」

「また？」

「うん」

妖の寿命は長い。妖人生、いろいろあるのだろう。

「いい人だったな。元気でいるかな」

ミヤは空を眺めながら、ひとりごとのようにつぶやく。

それから柔らかく笑って空を見た。

「うまそうな雲だ」

水色の空にきれいな鱗《うろこ》が並ぶ鰯雲《いわしぐも》が広がっていた。

第五話：わがんね童子《どうじ》

◇◆◇◆

この日は氏子《うじこ》の海苔《のり》問屋《三浦屋《みうらや》》の嫁《よめ》とりで、宗高《むねたか》は夕拝をすませると、祝《しゅう》言《げん》に赴《おもむ》いた。

祝言といえば夕方から夜通し行なわれ、翌日まで続くものだが、宗高は五ツ半(午後九時)過ぎに赤い顔で帰宅した。赤飯、大きな鯛《たい》の尾頭《おかしら》付き、かまぼこ、紅白饅頭《まんじゆう》と数々の土産《みやげ》を手渡され、咲耶《さくや》の目が丸くなった。

「こんなにいっぱい。それになんて見事な鯛……これほどの鯛をお客様全員分そろえるのは大変だったでしょうに」

「魚河岸《うおがし》の親父たちに直接頼んだらしい」

「かまぼこも細工が手が込んでること。『三浦屋という焼き印まで……』

松竹梅《しょうちくばい》、巣ごもり鶴《づる》、富士山をかたどった色鮮やかなかまぼこの詰め合わせは、ため息がもれるほどきれいだった。

「跡取り襲名披露《しゅうめいひろう》もかねてるからなぁ。何もかもが豪勢《ごうせい》で、さすがに驚いたよ。日本橋の旦那衆《だんな》が勢揃い。謡《うたい》あり、仕舞《しま》いあり、きれいどころの芸者が座を盛りあげ、次から次にごちそうが運ばれてくる……」

　中でも花嫁の伯父《おじ》である大店《おおだな》の旦那が、芸者の三味線《しゃみせん》に合わせて、歌うわ踊るわ、しまいには玄人《くろうと》顔負けのどじょうすくいをやってみせ、やんややんやの喝采《かっさい》を浴《あ》びていたという。

「かわいがっていた姪《めい》っ子の花嫁姿を見てうれしくて、浮かれちまったんだろう」

「いい祝言でしたね。もう少しゆっくりなさるかと思ってました」

　宗高の着替えを手伝いながら、咲耶はいった。

「寝ぼけ眼《まなこ》で明日の朝拝を行なうわけにはいかないからな。木戸が閉まる前に帰ってきた」

　う～んと両腕を伸ばし、大あくびをもらした。酒のせいか宗高の目がとろんとしている。宗高は酒が弱いほうではないが、すすめられるまま飲んできたのだろう。

　江戸ではそれぞれの町に木戸が設けられている。怪しい者の通行や逃走を防ぐためのもので、夜四ツ（午後十時）には閉められる。医師や産婆《さんば》などはそのまま通過できるが、他の者は木戸番にあらためられたうえで、木戸の左右にある潜《くぐ》り戸《ど》を通るという決まりがあった。

木戸が閉まっても、地元の神主《かんぬし》である宗高はとめおかれる心配はないが、いちいち木戸番にやっかいをかけるのもはばかられたのだろう。

「花嫁さんはおきれいでした？」

咲耶が何気《なにげ》なく聞くと、宗高は身を乗りだして、うんと大きくうなずいた。

「目がくりっとしてんだ。ときどき、顔を少しだけ上げて、新郎をちらっと見る。その横顔も初々《ういうい》しくてな。新郎は鼻の下を伸ばしっぱなしだった」

花嫁はちやほやされてなんぼなので、誰が手放しでほめようとかまわないのだが、宗高となると話は別だ。衣紋《えもん》かけに通した宗高の晴れ着を鴨居《かもい》につるしながら、咲耶はつんと顎《あご》を上げた。

「それはようございましたね」

「もちろん咲耶にははるかに及ばない」

女房に甘い宗高はあわてて咲耶を持ちあげる。

「ほんとに？」

現金に機嫌を直した咲耶は宗高のそばに座ると、ぴしゃんと宗高の膝《ひざ》を軽く叩《たた》いた。

「だいたい蠟燭《ろうそく》の灯《あかり》しかないんだ。白粉《おしろい》で真《ま》っ白《しろ》に塗りたくってりゃ、人三化七《にんさんばけしち》でもきれいに見えるさ」

「ひどいことといって」

「いずれにしても、これで三浦屋さんも安泰《あんたい》だな」

咲耶がすすめたぬるめの番茶を飲み干し、宗高は、そういえばと話を変えた。

祝言からの帰り道、提灯《ちょうちん》で照らしながら通りを歩いていると、袖《そで》を引っぱられた気配がしたという。誰かいるのかと、ふり向くが闇《やみ》が広がっているだけ。気のせいかと歩きだすとまた、つんつんと引っぱられる。

「何度、ふり向いたかわからん。……しまいには妖《あやかし》に魅入《みい》られたかとぞっとして、家の灯が見えたときにはほっと胸をなでおろした」

袖引《そでひ》き小僧《こぞう》だと気づき、咲耶は微笑《ほほえ》んだ。

袖引き小僧は袖を引っぱるだけの子どもの妖だ。後をつけられても、悪さをされる心配はない。

「宗高さんがそう感じられたなら、きっと気のせいではありませんわ。でも、恐い妖ではありませんよね。袖をつんつんと引くなんて、子どもの妖でしょうか」

「うむ、そうかもしれん」

「宗高さんは優しいから。妖は遊んでもらえると思ったのかしら」

「……見えるものなら遊んでやれたのに」

そういって宗高は咲耶を見つめた。虫の鳴き声が聞こえる。

「おれの鼻の下、長くなってないか」

「鼻の下？」

「きれいだな、咲耶は。なんでそんなにかわいいんだ？」

そういって宗高が咲耶を抱き寄せようとしたとき、母・豊菊《とよぎく》のカカカという高笑いが咲耶の耳の奥に響いた。ぎくっと咲耶の胸がすくみあがる。

宗高の胸を手で押して、咲耶は立ち上がった。

「どうした？」

幸《さいわ》い、宗高に豊菊の声は聞こえてない。そのくらい豊菊でもわきまえている。

だが、油断はできない。

豊菊は家の中にすでに来ている。甘い夜になりそうなのに、豊菊がいるのではぶちこわしだ。なんとかして、追い出さなくてはならない。今すぐに。

咲耶は耳に手をあて、はっと目を見開いた。自分でもわざとらしい気がするが、あれこれ考えている暇《ひま》はなかった。

「今、外で、がたんと物音が……」

「物音？　何も聞こえなかったが」

実際、音などしていないのだから、宗高が怪訝《けげん》な表情になるのも無理はない。

「気のせいかしら……」

「いや、咲耶がいうなら、気のせいじゃない」

さっき咲耶がいったようなことを今度は宗高が口にし、人差し指でこつんと咲耶の額《ひたい》をつっついた。

咲耶の最大の味方である宗高をだますのは気が引けるが、豊菊と対峙《たいじ》するために、まず、宗高を家から出す必要があった。もしくは、咲耶がひとりで外に出て、豊菊を連れ出すしかない。

「また猫が境内《けいだい》に集まっているのかな。それとも妖か？」

けらけらと笑う豊菊の声が大きくなった。京に住んでいる豊菊はこの家に式札《しきふだ》を何枚も仕込んでいて、気まぐれに姿をあらわす。

「……もしかしたら、また賽銭泥棒《さいせんどろぼう》とか……万が一ということがありますから、私、確かめてまいります」

寝間着の上にはおろうと、ちゃんちゃんこに手を伸ばした咲耶を宗高が制した。

「私が行く」

「祝言で疲れているでしょ。私が」

「いや、咲耶はここにいろ」

母の笑い声はさらに大きくなった。もう待ったなしだ。

宗高には、咲耶が式神使いであることを明かしていない。父が宮中に仕《つか》える陰《おん》陽《みょう》師《じ》であることもいっていない。

いきなり、豊菊が白塗りにおすべらかしであらわれたら、宗高は妖怪の一種だと誤解し、間違いなく仰天《ぎょうてん》する。それが咲耶の母と知ったら、ひっくり返るだけではすまない。

「入り口には心《しん》張《ば》り棒《ぼう》をかけ、私以外、誰が来てもあけるなよ」

このごろ稽古《けいこ》している木刀を持ち、宗高が出ていったとたん、豊菊がどろんと姿をあらわした。本日も、前髪を高くして、髪を後ろで一本にまとめ、白壁さながらの白塗りだ。

「あな、おかし。いもしない賽銭泥棒を探しにいきはった。ごくろうさんどすなぁ。……袖引き小僧も見えはらへんで、おたおた家に戻ってきはったし。ほんま、宗高はんは、おもしろい男でごじゃります」

扇《おうぎ》で真《ま》っ赤《か》に塗ったおちょぼ口を隠しながら、かん高い声で笑う。

「おたあさま、こんな真夜中に。せっかくいらしてくださって、なんですけど、すぐお帰りくださいな。人はもう休む時間ですから」

咲耶はそういいつつ、家中に視線をめぐらせ、必死で式札を探した。

付喪神《つくもがみ》の金太郎《きんたろう》人形の黒目がくりっと床《とこ》の間《ま》を見た。その方向にすっ飛んでいくと、床柱の陰に人形《ひとがた》の紙、式札が光っていた。

咲耶はためらうことなく式札をひっつかみ、くしゃくしゃと手の中で丸めた。

豊菊の姿がざざざっと荒くなる。

「あれ……見つけなはったかいな」

「おやすみなさいませ」

「……親のいうことをきかぬと、損し……」

それっきり、きれいさっぱり豊菊の姿が消えた。咲耶は丸めた式札をごみ箱に投げ捨て、地団駄《じだんだ》踏んだ。

「あ〜〜何が見つけなはったかいな、だ。宗高さんに見られたら、どうするつもりなのよ。そんときは親も子もない。気持ち悪い妖怪だといってやるから」

それから咲耶は金太郎を見た。

「おかげで助かったわ。ありがとう」

金太郎は横目で咲耶を見て、おそるおそるつぶやく。

「怒ってはりますなぁ」

「当たり前よ。下手《したて》に出てるのをいいことに、いくら親とはいえ、ずうずうしすぎるでしょ」

「ほんまにいけずやからなぁ。娘のあんたも大変や。暇なんと違いますか、おかはん」

確かに、金太郎がいうように、こんな真夜中に、娘の家を突然訪《たず》ねてくるなんて、豊菊は退屈しきっているのか、父親とけんかをしたのかの、どっちかだ。

どっちにしても、咲耶にとっては迷惑この上ない。

ほとほとと入り口を叩く音がして「あけてくれ、咲耶」と宗高の声が続いた。

「はいはい……」

戸をあけた咲耶の腕を宗高がぐいと引いた。宗高の顔が緊張で固まっている。

「来てくれ」

宗高は咲耶の手を握り、境内へと進む。何事かと不安に思いながら後に続いた。あたりは深い闇だ。町の軒行灯《のきあんどん》もすっかり消えている。家々の明かりも見えない。

満天の星空から降りそそぐ光だけが頼りだった。

「あそこ……」

賽銭箱の前を宗高が指さす。目をこらすと、小さな人影が見えた。

「誰かいますね」

「今頃……賽銭泥棒がまた出たか。……それとも妖？」

「小さくありません？　子どもかしら」

「……もしかしたら私の袖を引いたあの妖か？　遊んでやらなかったので、私の後をつけてきたのか」

袖引き小僧のことを思い出したのか、真剣な声で宗高がいう。そこから見える姿に邪気《じゃき》は感じられないが、遠すぎて、咲耶にも妖かどうかは判別できない。

その子どもは、拝殿の中に入りこもうとしているようにも見えた。

「迷子《まいご》かしら」

「こんな時刻に？」

「親とはぐれて、ここにたどり着いたとか……」

「……人じゃないんじゃないのか……」

見えないものが好きな宗高が、ごくりと唾《つば》をのみこんだ。

「そこで何をしているの」

咲耶は思いきって声をかけた。

「こっちにいらっしゃい。私たちはこの神社の者よ」

子どもがゆっくりふり向く。

「何もしやしない。人さらいでもない。こっちへおいで」

宗高もあやすようにいい、そろそろと近づいていく。小さな子どもは、一歩二歩あとずさったが、やがてふたりに向かっておずおずと足を向けた。

背は宗高の腰ほど。五、六歳だろうか。

紺《こん》の絣《かすり》の着物を着て、肩から藍《あい》染めの小さな頭陀《ずだ》袋を斜めにかけ茶色の三尺帯をしめている。髪はおかっぱ。抜けるような色白で桜色の唇《くちびる》をしている。筆で描いたようなきれいな眉《まゆ》に、黒目がちの目が愛らしい。

だが、裸足《はだし》だった。草履《ぞうり》も足袋《たび》もはいていない。

咲耶は子どもの目の高さにしゃがんだ。

男の子だ。こんな時間にたったひとりでいたというのに、泣いたあともない。

「坊やは誰？　名前を教えて」

「……ぼっ……」

蚊《か》の鳴くような声でいった。

「ぼっ？　ぼうちゃん？」

「……ふさの房《ぼう》か？　房太郎《ぼうたろう》とか房之助《ぼうのすけ》とか？」

宗高が重ねて聞く。

「それとも呼び名？」

男の子はきっぱりと首を横にふり、また「ぼっ……」といった。

宗高がうなずく。

「わかった。ぼうという名なんだな」

「それでぼうちゃんのおうちはどこ？」

男の子は空を見上げ、星を指さした。

北の空の、北斗七星《ほくとしちせい》の上にある星。

季節がめぐって、他の星が移動しても、いつも同じ位置にある星だ。

「子《ね》の星（北極星）？　星から来たってのか？」

宗高は目をぱちくりさせて、咲耶に耳打ちする。

「かぐや姫の親戚ではないか」

「かぐや姫の実家は星じゃなく月ですよ」

咲耶は早口で宗高にいい、男の子に向き直る。

「星がおうちってことはないわよね。ぼうちゃんは、どっちから来たの？」

「あっち……」

また子の星を指さす。北ということだろうか。

「ぼう、住んでる町の名前、いえるか？」

男の子は首をかしげる。

「……わがんね……」

咲耶はその手を握った。小さなもみじのような手だ。

「どうやってここまで来たの？」

「歩いて。船さ乗って」

「おっかさんと一緒に？」

「ううん」

「でも誰かと一緒に来たんでしょ」

「姉ちゃんと」

「姉ちゃんはどこに行ったの？」

「……わがんね……」

「履き物はどうしたの？」

「足の裏、怪我《けが》してないか。痛くないか」

「……痛ぐね」

話しているうちに、咲耶の目にぼうの本当の姿が見えてきた。

人ではない。妖でもない。

座敷童子《ざしきわらし》だった。

「夜も遅いし、今日はうちに泊めて、明日の朝、友助《ともすけ》さんに相談しよう」

ぼうは宗高と咲耶の手を握った。

座敷童子は座敷や蔵に住む小さな子どもの神様だ。

ときにいたずらもするが、見た者には幸運が訪れ、家には富をもたらしてくれる。同じ場所にずっと住み続ける者もいるが、そこに訪れた客人が気に入ると、その人について別の場所に移ることもある。

本物の座敷童子を見るのは、咲耶もはじめてだった。

けれど、迷子になった座敷童子など、聞いたこともない。

だいたい座敷童子というものは、並の人間にはそうそう見えるものではない。家族にだけ見えるとか、大人《おとな》には見えないが子どもには見えるとかいわれるが、それも定かではない。

だが咲耶はともかく、宗高にも見えた。姿を見せた。

ふたりの手を握って、家までついてきた。

足を洗い、祝言の土産の赤飯をうまそうに食べて、いわれるまま、ふたりの布団の隣に敷いた客布団にくるまった。

この座敷童子は、宗高に頼らざるをえないほど困って、追い詰められていたのだろうか。もしかしたら、ほんとに迷子になったのかもしれない。でも、神様が迷子になるなんてことがあるのだろうか。

かすかな寝息とともに上下する、座敷童子の小さな背中を見つめながら、咲耶はその夜、まんじりともできなかった。

◇◆◇◆

翌朝、いただきもののかまぼこに、ごぼうの胡麻《ごま》よごし、油揚げと小松菜の味噌汁という朝餉《あさげ》を三人で囲み、宗高の朝拝がすむとすぐに、連れだって番屋に向かった。

「この辺じゃ、迷子の届けは出てねえなぁ。一緒だった姉ちゃんの名前は？　姉ちゃんはいくつだ？」

岡《おか》っ引《ぴ》きの友助がすぐにすっ飛んできて、ぼうに話を聞きはじめる。

「……わがんね……」

「一緒に来たんだ。わがんねってこたぁねえだろ」

びくっとぼうの身体がふるえ、おびえた顔になる。

「友助さん、後生《ごしょう》ですから声をおさえてくださいまし。大声を出すと恐がりますから」

「けどな、何を聞いてもわかんね、わかんねじゃ、捜しようがねえってんの」

手がかりはぼうという名前と、姉とともにここまで船と歩きで来たらしいということだけである。

友助はぼうの前に座ると、髪の毛をかきわけ、頭を調べだした。

怪訝《けげん》な顔をしている咲耶と宗高に友助はいう。

「頭をぶつけて、自分のことがわからなくなることがあるんだ。……傷《きず》はねえな……じゃ、なんで自分の年やら住んでいた町名がわからねんだ。手習いに通うくらいの年じゃねえか。利発《りはつ》そうな顔をしてんのに……。おめえ、大人を小ばかにしてんじゃねえだろうな」

ぎらっと友助はぼうをにらんだ。咲耶はぼうを引き寄せ、自分の後ろに座らせる。

「着てるものに名前が書いてなかったか。迷子札は？」

「迷子札も守り袋も持ってなくて……着物や肌着にも名前は……頭陀袋には小袋に入った小豆《あずき》だけで……」

「不用心な親だな。不用心すぎる。一本釘《くぎ》が抜けてるような坊主が迷子になったらどうなるか、思ってもみなかったなんてな。……姉ちゃんからも届けがねえ。一緒に来た姉ちゃんはどこに行きやがった」

友助は憮然《ぶぜん》とした顔で言い捨てた。

江戸では迷子が多く、子どもはたいてい迷子札を身につけている。

掛札場《かけふだば》には七日限定で、迷子や身元不明者の掲示が許されていた。「たずねる方」「おしゆる方」の貼り紙をして迷子を捜す「迷子石」も設けられている。一方、人さらいも多く、子捨てをする親もいる。手を尽くしても、捜している親や子がなかなか見つからないことが多かった。

友助は当番の差配人《さはいにん》、書き役と輪《わ》になった。みな、腕組みをして、難しい表情を崩さない。

やがてそろって宗高と咲耶の前に座り、手をついた。

「宗高さん、しばらくの間、この子を預かってくれねえか。差配人さんは女房に死なれてひとり暮らしで、書き役さんとおれは子だくさんだ。そうしたくてもみんな、子どもを引き取る余裕がねえ。幸い、宗高さんも差配人だし……荒山神社で面倒をみてくれると御《おん》の字《じ》なんだが」

友助が神妙な顔でいうと、差配人と書き役も一緒に額《ひたい》が畳につくほど頭を下げた。迷子は町内で責任を持つことになっている。番屋につどう町名主《まちなぬし》、書き役、差配人、岡っ引きたちが何とかせねばならない。

「……咲耶、いいか」

宗高はおっとりと咲耶を見た。助かったとばかり、思わず友助たちの頬《ほお》がゆるむ。咲耶は苦笑いをかみしめつつうなずいた。

友助たちに人の良さを見込まれ、押しつけられた格好だが、自分の神社に舞いこんできた子ども、実は座敷童子でもある。

咲耶も、ここは気持ちよく子どもの面倒をみようと覚悟していた。

「宗高さんとこは子どもがねえから、着替えとかねえだろ。うちからすぐにとってくらぁ」

友助と書き役は家に帰り、男の子に合う着物や肌着まで見つくろってきた。どれも何度も水を通したお古《ふる》だが、きれいに洗濯してある。

「近隣の町には今日中に声をかけて歩く。掛札場や迷子石にも貼り紙をすらぁ。坊主、安心しろ。必ず家に帰してやるからな」

友助は胸を叩き、男の子に笑ってみせた。それから宗高に耳打ちした。

「迷子ならいいが……捨て子だとしたらやっけえだ……この町に宗高さんがいてくれて助かったぜ」

捨て子となると、町の責任で里親を探さなくてはならなくなる。里親が見つかるかどうかは、運まかせだ。誰もが里親になれるわけではなく、里親になるには奉行所の許可が必要で、遊女奉公へ出さないことなどを誓約し、請け人などを立ててはじめて子どもを引き取ることができた。

友助は、宗高の人の良さをあてこんで、誰もいなかったらよろしくとばかり、里親のことも持ち出したのだろう。

友助が宗高のことを、苦労知らずのぼんくらとか甘ちゃん神主といっているのも、咲耶は知っている。宗高自身もわかっている。宗高のことをそういっているのは友助ばかりでもない。

だが、友助は知らない。宗高はただの抜《ぬ》け作《さく》ではない。

宗高は幼いころから、神主になるための厳しい修行を重ねてきた。外での修行の場を決めるとき、もっとたやすい修行場もあり、キヨノと宗元はそちらに行かせようとしたのに、十歳だった宗高は国で一、二を競う厳しさの熊野の修行場を選んだ。

――親の後をついで神主になるわけだから、そこまでやることはなかったのかもしれない。でも、せっかく神主として、一生、生きるんだ。私は虫の知らせの力も与えられている。修行で身につけられるものは身につけたいと、柄《がら》にもなく挑むことにしたんだよ――

その修行が宗高を変えた。

宗高は咲耶に、一度だけ打ち明けたことがある。

いちばんつらかったのは、励まし合っていた同い年の修行仲間が崖《がけ》から滑り落ち、あっけなく帰らぬ人になったときだった、と。

神に仕《つか》えるための修行で、命を落とす……そんなことがあっていいのか。目の前で起きたことを受け入れられず、この世に神も仏もいないと怒りをたぎらせ、次は自分の番かもしれないと、修行をやめ、山をおりた者もいた。あきらめの言葉をくり返し、自暴自棄《じぼうじき》になり、山から逃げた者もいる。

けれど、友といちばん親しかった宗高は山に残った。

――これほどつらい経験をするのはなぜか、知りたかった――

何年も滝に打たれ、千丈の絶壁をよじ登り、昼夜なく山を駆け、幾度も命の危機にもあった。

――人はいくら修行しても、万物《ばんぶつ》の上には立てない。万物を畏《おそ》れ、敬《うやま》い、その中で生きていかねばと思わされた。人と災難とは隣り合わせで、いくら力が強くても、えらくても、銭《ぜに》を持っていても、若くても、どんな災《わざわ》いに遭《あ》うか、わからない――

そして決めたという。

――泣いても一生、笑っても一生。

どうせなら笑って生きよう。恨《うら》みや憎しみは捨てよう。

われだけでなく人もほがらかに暮らせるように生きよう。

楽しく、そして人の役に立つように生きていれば、何が起きても、悔いることはない。……だからいいんだよ。ぼんくらと侮《あなど》られようと、甘ちゃんと笑われようと——

宗高は、こんがらがっている物事を前にすると頭がそれ以上にこんがらがってしまう。その上、よく泣く。相手が誰であれ、とりあえず信じて、失敗することもある。

だが、宗高はぼんくらと間違えられるほど、一徹《いってつ》なまでに深情けの男なのである。

◇◆◇◆

帰り道、宗高と咲耶はぼうを間に、手をつないで歩いた。ぼうが握り返す力は案外しっかりしていた。

辻まで来たとき、サボン玉売りの声が聞こえた。

「玉や、玉や……さあさあ、さあさあ。みなさまお馴染みの玉屋でござる。なんでもかでも吹きわけてごらんにいれましょう」

首からサボン玉の箱を下げ、一方の手には傘《かさ》を、もう一方にはサボン液を入れた器《うつわ》を持ち、口に加えた麦わらから、次々に五色に輝く透明な玉を空に飛ばしはじめた。

空《から》の徳利《とっくり》を持った子どもたちが、サボン玉売りの前に列を作っている。

ぼうの足が止まった。

「やってみたいか」

ぼうがこくりとうなずく。

「咲耶、そこの瀬戸物屋からサボンを入れる器を買ってきてくれ」

ふり返ると、橋のたもとに小さな瀬戸物屋がある。咲耶は急いで、瀬戸物屋に入り、水色の徳利と、思いついてかわいらしい熊が描かれた茶碗を買った。

荒山神社に帰るとぼうは待ちきれないように走りだし、縁石に腰かけ、麦わらにサボンをつけ、サボン玉を吹きはじめた。

サボン玉に、青い空が、葉を落とした木々や真《ま》っ赤《か》な鳥居が、そして風に舞い、ぷつんと淡《あわ》く消えるまで食い入るように見つめているぼうの顔が映《うつ》る。

キッ、キッ……カッ、カッ……。

鋭《するど》い鳴き声が響いて、またもや豊菊があらわれたかと、ぎょっとして咲耶はあたりを見まわしたが、本物の鳥だとわかり、ほっと胸をなでおろした。庭のひときわ高い木に、雀《すずめ》よりちょっと小さいが、黒褐《こくかっしょく》色の翼と胸から尾にかけて鮮やかな橙《だいだい》色をした鳥が留まっている。

今年もジョウビタキが渡ってきた。お彼岸《ひがん》もうすぐだった。

昼餉《ひるげ》に熊の柄の茶碗に、ご飯をよそってやると、ぼうはびっくりするほど喜んだ。

「気に入った？　子ども用の瀬戸物を買ったのよ。熊がかわいいでしょ」

茶碗を何度も目の前に掲げ、熊の絵を見てぼうは目を細めた。

食後も、ぼうはサボン玉遊びに明け暮れた。

しばらくして、入り口から声がした。

「咲耶！　いるのかい？」

姑《しゅうとめ》のキヨノだ。

「迷子の子を引き取ったって？　そういうことはすぐにこっちに教えてもらわないと。自分ちのことなのに、人から聞いて知るなんて、外聞《がいぶん》が悪いったらありゃしない」

キヨノがすたすたと家に上がってきて、座敷の床の間を背に座った。

確かにキヨノの言う通りで、うっかりしていたと咲耶は唇《くちびる》を引き結んだ。

噂《うわさ》はすぐに江戸の町を駆けめぐる。宗高と咲耶が番屋に迷子を連れて行き、預かることになったのも、もう町中に知れ渡っているのだろう。

「お茶なんか結構。そんなことより、どういういきさつか話を聞かせておくれ」

あわてて急須を取り出した咲耶にキヨノは頭ごなしにいう。

咲耶は手短かに、昨晩、境内で迷子の男の子を見つけたと話した。

「さっさと親が見つかればいいけれど、見つからなかったらどうするんだい？　うちでずっと面倒をみるわけにはいかないよ」

「番屋でみんなに頼まれて……宗高さんも差配人ですし、うちの境内にいた子ですから、断れなかったんだと思いますが」

宗高を差配人にしたのは、キヨノである。キヨノはぐっと言葉に詰まったが、息を吸いこむとまた反撃をはじめた。

「そういうときにはまず、私たちに許可をとるのが筋ってもんです。宗高も宗高だ。親と相談してからお返事させてもらう……そのひとことをなぜ、思いつかなかったのか。で、その子はどこにいるの？」

ぼうは縁側でサボン玉を吹いていて、サボン玉が二つ三つ、宙に浮かんでいる。

　だが、キヨノにはその姿が見えないらしく、きょろきょろしている。

　ぼうは、姿を見せる人と見せない人を決めているのかもしれなかった。

　すぐにキヨノの舌鋒《ぜっぽう》が再開した。

　引き取った子どもを見失うとは何事かということからはじまり、咲耶と一緒になってから宗高が勝手放題をするようになった、嫁を選び間違えると、こういうことになる。いわんこっちゃない。……くどくどくどくど、同じ話を、手を替え、品を替え、文句をいいまくる。

　逃げ出せたなら、どんなにいいかと思うが、面倒を避けるために、咲耶はへえへえと、生返事をするしかない。

「……とにかく、その子を引き取るなんてことは反対だから。うちに迷子を育てる余裕などないってこと、憶《おぼ》えておきなさい」

　キヨノはいいたいことをすっかりいうと帰っていった。

「あ〜〜、話、くどすぎ！」

　咲耶がどんと足を踏みならした。

「……話、終わったんかいな。あんまり長すぎて、寝てしまったわ」

金太郎が目をあけて、あくびをもらす。

咲耶から長いため息がもれた。友助はぼうの家を捜してやると胸を叩いたが、座敷童子なのだから、友助に捜せるはずはない。

実をいえば咲耶は、男の子には座敷童子として荒山神社に棲《す》みついてもらってもいいと思いはじめていた。けれどそれを決めるのは、キヨノでも宗高でも咲耶でもなく、座敷童子自身だ。

そしてぼうにその気がないということが、日がたつごとに、はっきりしてきた。

ぼうはどこか居心地悪そうにしている。笑っていても、心底笑っていない。ときおり、心が留守になって、北の空を見つめている。

思いあぐねて、付喪神《つくもがみ》の金太郎に、神様同士、座敷童子の本心を尋ねてくれと咲耶は頼んでみたが、金太郎はあっさり首を横にふった。

「それは無理ちゅうもんや。百年たって神様と呼ばれるようになったものの、壊れれば消えてしまうわいは、神様どころか妖のはしくれみたいなもんや。正真正銘生まれながらの神様の座敷童子とは、格がちゃうねん。とてもやないが、軽々しく話しかけられへん」

ただこのあいだ、座敷童子が空を見つめながら「帰りてぇ……」といっていたのを聞いたと金太郎はいう。

「帰りたいってことは、帰る家を憶えているってことよね」

「せやろうな」

「その家でなくちゃだめってことよね」

「自分にはあの家しかない、ちゅうことやろな」

だとしたら、捜すしかない。

◇◆◇◆

咲耶は翌日から、ぼうと一緒に、町を歩きはじめた。朝起きるなり大車輪で掃除や洗濯を終え、宗高の昼餉を用意し、自分たちの握り飯を持って出かける。

ぼうは最初、町の喧噪《けんそう》に気圧《けお》されたようにおどおどしてまわりを窺《うかが》っていたが、咲耶が「おうちを捜すためにがんばろう」というと、しっかりした足取りで歩きだした。

通りがまじわっているところでは、自分にどちらに行ったらいいのかを問いかけるかのように立ち止まり、また歩きだす。

次の日は、前日にたどり着いたところから道を捜した。ぐるぐる町を回り、三日後の昼過ぎ、両国広小路にやってきた。

両国広小路は、大川にかかる両国橋の西側にある広場だ。浅草と一、二を争う江戸有数の盛り場で、髪結床《かみゆいどこ》や水茶屋などの床見世《とこみせ》、さまざまな小間物《こまもの》や土産物を売る屋台、食べ物屋が並び、矢来《やらい》や葭簀《よしず》で囲まれた小屋では軽業《かるわざ》や手品、浄瑠璃《じょうるり》、講談などが毎日くりひろげられている。

座敷童子の住まいは静かな土地にあることが多く、人いきれでむんむんしているような盛り場は、どう考えても不似合いだ。

だが、ぼうは人波の中で、あちらを見たりこちらをのぞきこんだり、真剣に何かを捜していた。

そのときだった。

「咲耶さん！　珍しいね、こんなところに」

三吉《さんきち》の明るい声が向こうから聞こえた。顔を上げると、三吉が手を上げて、駆けてくる。

三吉が一日おきに両国広小路の代書屋《だいしょ》で、代書や手紙の配達の手伝いをしていることを咲耶は思い出した。

「あれ？　その子、座敷童子でしょ」

三吉はひと目で男の子の正体を見やぶった。

「夜中、うちの境内にいたの。家に帰りたいみたいなんだけど、どこに住んでいたか、わかんないっていうのよ。それで、今、町を捜し歩いているとこ」

ふう〜んと腕を組み、三吉は首をかしげた。

「神様でもわかんないってことがあるなんてな。うっかりしちゃったのかな。そうなの？」

ぼうはじっと三吉を見つめている。

「住む家がなくなった座敷童子は、新しい住まいが見つかるまで近くの神社で待つと聞いたことがあるけど。迷子になったなんて話、初耳だ」

三吉は小さな子どもにしか見えないが、実は妖・三つ目小僧《みつめこぞう》で、年齢はいくつなのか見当《けんとう》もつかない。豊かな知恵や知識の持ち主でもある。

「うちの近所もずいぶん歩きまわったんだけど、この子の家はないみたいで」

「早く、おうちが見つかるといいね」

三吉はぼうにいい、配達があるからときびすを返した。と、ぼうが三吉を追いかけようと足を踏み出した。咲耶はぼうの袖をつかんだ。

「三吉はお仕事中なの。それでお金をいただいているから、邪魔しちゃいけないのよ」

座敷童子は唇をかみ、それっきり動かなくなった。

家に帰り、両国広小路で三吉に会ったら、ぼうがついていこうとしたと咲耶がいうと、宗高はぼうの肩を抱いた。

「三吉は年が近いもんな。仕事のない日は遊びにきてくれと、三吉に頼んでやろう。少しは気晴らしになるだろう」

それから宗高はぼうに折り紙の風車《かざぐるま》を作ってやった。四隅から真ん中に向けて切り込みを入れ、くるっと丸め、真ん中を糊《のり》と爪楊枝《つまようじ》でとめ、持ち手をつけた簡単なものだ。

宗高がふうっと息をかけると、くるくる風車が回る。ぼうはわぁっと笑った。

その晩、いただきものの赤飯を夕食に出すと、ぼうはよく食べた。

「赤まんま、好きか。このあいだもよく食べていたもんな」

宗高が目を細める。小豆と赤飯は、座敷童子の好物だ。

翌朝早く、咲耶は手習いに行く前の三吉に会いに、長屋に赴《おもむ》いた。

「昨日仕事だったから普通なら今日は暇なんだけど、用事で仕事を休む人がいて、急に出てくれって旦那さんに頼まれて、これから代書屋に行かないと」

「手習いも休むの？」

「こんな小僧を働かせてくれるところ、そうそうないですからね。旦那さんには役に立つところを少しでも見せないと」

人の世になじんで生きるために、妖もまた身過《みす》ぎ世過《よす》ぎは必要で、ただ安穏《あんのん》としているわけにはいかない。

「でも明日は休みだから、手習いから帰ったら、神社に顔を出すよ。神様と遊ぶなんて、おいらも初めてだし」

「喜ぶわ、あの子。お昼、食べたいものある？　作っとくわよ」

「なんでもいいよ、咲耶さん、料理上手だから」

「もう、うれしいことといってくれちゃって」

三吉と話をつけ、帰宅すると、ぼうの姿がなかった。

宗高はさっきまで風車で遊んでいたというが、家にも境内にもどこにもいない。

神様なのだ。

人買いにさらわれるとか、事故に遭うといった心配はないだろう。神様は気まぐれだと聞いたこともある。出ていってしまったのかもしれない。けれど、家を捜していたときのぼうの真剣な顔を思い出すと、やはり咲耶は放っておけなかった。

「両国広小路に行ったんじゃないのか？　昨日、そこで動かなくなったといってただろ。うん。たぶんそうだ。私の虫の知らせがそう告げている」

宗高は幾分、重々しくいった。虫の知らせは、宗高の切り札だ。

「その言葉を信じて、行ってまいりますわ」

「ひとりで大丈夫か？　一緒に行ってやりたいが、約束があってな」

「ええ。わかってます、宗高さんの用件はわたしがいちばん。でしょ？」

咲耶はそういって腰を上げた。

宗高の予定を管理しているのは咲耶で、今日、宗高は氏子の祈禱《きとう》の相談にのることになっている。

横山町の前の通りをずっとまっすぐ東に行けば両国広小路だ。咲耶は急《せ》かされるように歩いた。

両国広小路は今日も人でいっぱいだった。

やはり、ぼうは昨日三吉と会った場所で、ひとり立ちすくんでいた。

他の人にその姿は見えないらしく、みな、ぼうのまわりを素通りする。

「ここに来たかったの？」

声をかけた咲耶を、ぼうは驚いたように見上げた。姿を消している自分に気づくとは思わなかったようだ。

咲耶はぷっと頬をふくらませた。

「……黙って出ていくなんてひどいよ。心配するじゃない」

「……ごめん……なさい」

ぼうが首をすくめる。三吉が駆け寄ってきたのはそのときだ。

「あ～、どうしたの？　今日も来ちゃったの？」

今度も目を丸くしたぼうに、三吉が種明かしをするようにいう。

「見えてるんだよ、その姿が。おいらは妖だし、咲耶さんは人だけど少しだけ妖が入っているから」

ぼうは三吉の手を握った。

「え、おいらのこと待ってたの？」

ぼうがうなずく。

「困ったな……これから仕事なんだけど……一緒に行く？」

「行く」

座敷童子が即答した。

まわりの人は、三吉を怪訝そうに見ながら通り過ぎていく。ひとりでしゃべっている、おかしな子どもに見えているのだ。

三吉は、ぼうの耳元にささやいた。

「だったら、姿を見せたほうがいい。おいらがひとりごとをいっていると思われたら、騒ぎになるから。人の世では、人と違うことをしたら、怖がられるからね」

ぼうは、本当かというように、咲耶の顔を見た。

「三吉の言う通りよ。でもいきなり、姿をあらわしたら、それまた騒ぎになっちゃう。……あそこがいいわ。行きましょ」

咲耶はぼうと一緒に木の陰に行くと、人がいないのを確かめ、はい今よ、と声をかけた。すっとぼうの姿があらわれる。

「ぼうと一緒に咲耶さんも店まで来てもらえる？　旦那さんに、おいらの仕事っぷりを見にきたとか何とかいってくれると助かる。……そのほうが、通りがいいから」

三吉がつとめる代書屋《文栄堂《ぶんえいどう》》は、両国広小路から一本通りを入ったところにあった。

代書屋は、本人に代わって書類や手紙などの代筆を行なう商いだ。

三吉は、故郷を出て江戸で奉公している丁稚《でっち》や職人が田舎《いなか》の両親に送る手紙を書いているという。花魁《おいらん》への恋文や訴訟用の書類を代筆するのは、ずっと年上の男たちだ。

宛先が近所だと、代書屋が配達をし、返書ももらってきたりする。それも三吉の仕事だ。

咲耶が三吉の仕事ぶりを見せてほしいというと、主《あるじ》は上がり框《がまち》に座布団を敷いてくれた。

「長屋の差配人のおかみさん？　なあるほど。荒山神社のおかみさんでしたか。巫女《みこ》さん仕事もなさるんですな。だから、一束《いっそく》に髪を結《ゆ》っているわけだ。……三吉はよく働いてますよ。地頭《じあたま》がいいんでしょうなぁ。並の大人より、いい文面を綴《つづ》るんですわ。一度、三吉に頼んだ客は、値段も安く親切にしてもらえると、三吉の贔屓《ひいき》になるんですよ。配達くらいはできるだろうと雇ったんですが、代書もまかせられるんですから、思わぬ拾いものでした」

話し好きなのだろう。旦那は機嫌良く立て板に水でいうと、「どうぞ、ごゆっくり」とやっと奥に引っこんだ。

ひっきりなしに人が来ては代書してくれる人の前に座り、思いを述《の》べ、できての文を持ち、去っていく。三吉の前にも客が途切れることはない。

しばらくして、ひとりの女の子がやってきた。十五歳くらいだろうか。その子は迷わずに三吉の前に座った。

「まいどどうも」

「またお願いできっべか。……おがげさまで返事が来て……」

女の子はにこっと笑う。言葉に北のなまりがある。頬が赤く、こけしのようなかわいらしい顔立ちだ。その子は、すぐに三吉に文面を伝えはじめた。

「おとっつぁん、おっかさん、元気だか？　シゲは元気でやってます。おかみさんも旦那さんもいい人で……こないだの文とおんなじみたいだけど、いいべか」

「おシゲちゃん、どんな文をもらったの？」

三吉が聞いた。

「お盆《ぼん》でお墓参りに行ったときに、じっさまとばさまに、シゲが元気でいるようにってお願いしてくれたって」

「おじいさんとおばあさん、亡くなってるの？」

「うん。ほとけさま。シゲもお彼岸に墓参りさ行きたいんだけんど」

「それを文に書こうか。シゲもお彼岸には墓参りさ行きたいな。おっかさん、おとっつぁん、シゲの分まで、じっさまとばさまに手ぇ合わせてきてけろな……で、どう？」

「うん。それがいい。……お彼岸になると向こうは急に寒くなるんだよ。こっちはまだまだあったかいけど」

三吉はさらさらと筆を動かしはじめる。

「じゃあ……江戸はまだまだあったかいけど、そっちはそろそろ寒くなるから、風邪をひかねように気をつけてけろな。ではどう？」

「いい。それがいい。……三ちゃん、北で暮らしたことあんの？　上手になまってる」

シゲがうれしそうにいう。

「おシゲちゃんとしゃべってると、うっっちゃうんだ」

ふたり、顔を見合わせて笑った。

「はい。できましたよ」

三吉は筆を置き、文をシゲに渡した。シゲは文を見つめ、感心したようにいう。

「きれいな字……番頭《ばんとう》さんに見せたら、字も文面も見事なもんだってほめてくれで……三《さん》ちゃんはえらいね」

「えへへ」

三吉は照れくさそうに頭をかいた。シゲは大切に文を小風呂敷で包み、胸元に入れた。

「ありがどさま。……これでいいべか?」

小銭を三吉に差し出す。三吉はすっと銭を自分のところに引き寄せた。

「また来てね」

「また来るね。お使いの帰りに、代書屋さんに寄っていいって、番頭さんがいってくれだから」

「おシゲちゃん、一所懸命、奉公しているから、番頭さんも優しくしてくれるんだね」

「せっかく江戸に出てきたんだから、がんばんねどな」

シゲは満面の笑みで、三吉にぺこりとお辞儀《じぎ》をすると店から出ていった。

ぼうがぴょんと立ち上がった。シゲに向かって歩いていく。

咲耶はあわてて、シゲのあとを追おうとするぼうの袖をつかんだ。

「知ってるの、あの子？」

ぼうがうなずく。だが、シゲには、ぼうに気がついた様子はなかった。ぼうと咲耶は三吉のすぐ近くに座っていたのに。

三吉はもうひとりの文を書き終えると、ふたりのところにやってきた。

「あの子のこと、気になったの？」

三吉がぼうに聞いた。三吉は素知らぬふりを装《よそお》いつつ、ぼうのことを観察していたらしい。ぼうが目をしばしばさせながらうなずく。

「《花山《はなやま》》ってお店《たな》の、新しい女中さんだよね」

「花山さん？　鉄器問屋の？」

知っているどころか、荒山神社の氏子でもある。

「南部《なんぶ》藩の名産の鉄でできた鉄瓶《てつびん》や茶の湯の釜とかを扱ってるお店なんだって」

「よく知ってるわ。本店は北にあって、江戸は分店でしょ」

花山分店は、浜町《はまちょう》を大川に向かって進み、小川橋《おがわばし》を渡った竈河岸《へっついがし》にあった。このあたりは町の辻々にお稲荷《いなり》さんがあるといわれるほど神社が多い。花山分店はそのいずれかの氏子になるのが普通だが、花山分店が江戸で当初開店したのが横山町という縁で、今も荒山神社の氏子であり続けてくれている。

「名前はおシゲさん。……これで二度目なんだ。手紙を頼まれるのは」

シゲは、南部の本店につとめていたが、事情があって江戸の分店に移ってきて、まだひと月にもならないと三吉は続けた。

咲耶は目をぱちくりさせた。江戸にきてひと月もたっていないなら、小遣いも十分にないに違いない。にもかかわらず、代書屋に月に二度も手紙を頼むなんてできるのだろうか。

「安くしてあげてんだよ。特別に、団子一本の値段で」

咲耶の考えを見抜いたように三吉がいった。

「団子一本……五文ってこと？　法外《ほうがい》に安いじゃない」

「まあね。だって放っておけなくて……もとはといえばそっちのせいなんだよ」

三吉は口をとがらせた。

三吉がシゲと会ったのは荒山神社の境内だったという。

二十日ほど前の朝早く、シゲは拝殿の前の石段に腰をかけて泣いていた。

「朝っぱらから泣くなんてよっぽどだろ」

素通りできず、三吉は思わず声をかけた。

――どうしたの？　どうして泣いてるの？――

三吉に促されると、シゲはぽつりぽつりと話しはじめた。

シゲは南部の生まれで、十歳から花山の本店に奉公していた。

だが先月、本店の蔵から火が出た。幸《さいわ》い、延焼はまぬがれ、蔵をひとつ焼いただけですみ、人死にも出なかった。

けれど店の再開には時間がかかりそうだった。このとき、シゲは主と内儀《おかみ》に呼ばれ、江戸分店でしばらく働いてくれないかと頼まれたという。

シゲは味がいいと評判の飯屋の娘で、料理が得意で、漬け物から煮物まで、そこにある材料でちゃちゃっと作る。花山の奥女中になって五年、台所にシゲはなくてはならない存在になっていた。

――花山の江戸分店で働く男衆《おとこしゆう》はみな南部の出だ。だが、女中は江戸の口入屋《くちいれ》から来たちゃきちゃきの江戸者ばかり。まかないも江戸の味付けだ。男衆たちは故郷の味を恋しがってる。おめえが料理を作ってくれたら、どんだけよろこぶだろう。お国なまりの女中がいれば、店に戻ったときにどれほどほっとするだろう。……素直で頑張り屋のおシゲがここからいねくなるのは、さびしいし、がっかりする者ばかりだ。けんど、故郷が同じ男衆のために、ひと肌脱いでくれねえが。江戸に行ってくれねえか――

「主と内儀にこんこんと説得され、思いきって江戸に出てきたんだって。でも、江戸はそう生やさしいもんじゃなかったんだな」

三吉は思案顔《しあんがお》で短く息をはく。

主の声がかりで江戸に出てきたシゲは、純朴な人柄で、たちまち故郷を同じくする男衆の人気者になった。「おシゲちゃん、おシゲちゃん」とかわいがられ、「おシゲちゃんが作るもんはうめえなぁ」とほめられ、分店の主には「おシゲが来てから、男衆の仕事っぷりがぐんと上がった。やっぱり花山の女中は南部の出に限る」と贔屓された。

だが、評判が上がるほど、女中仲間からシゲは浮きあがった。

南部の出身はシゲだけで、他はみな江戸の女だ。

「何、その着物と帯。田舎くさいったらありゃしない」

「ほっぺが真っ赤。江戸の水で洗われた女にそんな頰をしているもんはいないね」

「言葉は荒いし、しぐさは男みたい。人前に出せない山だしの女だね」

「この味がうまいって？　江戸前の味が一等なのに。ああ、やだやだ」

女中仲間に、ことあるごとに田舎者とあざ笑われ、なまりがきつすぎて何をいってるかわからないとつまはじきにされ、シゲの草履《ぞうり》が隠されたり、作った料理に塩を入れられたこともあった。

――あたしが来たからこんなことになったんだ。他の女中さんだって一所懸命働いていだのに、あたしのせいでほめられねぐなったんだもの。あたしが来なければえがったんだ。……うちに帰りてぇ。んでも、今さら、帰らんね……――

ぽろぽろ涙をこぼし続けた。

「おいらにできることといったら……」

田舎に文を書いたら？　ということだけだったと三吉はつぶやく。

――文を書ぐ？――

――うん。田舎のおっかさんやおとっつぁん、友だちに――

――でぎね。読み書きは習ったけど、文なんて書いだことがねえもの。どう書いていかもわからねえもの——

——おいらは両国広小路の代書屋に一日おきに奉公しているから、近くに来たときにお寄りよ。おいらが代わりに書いてあげるよ——

——ほんてん？——

——大丈夫まかせて——

——でもお代がかかるんだべ？　お金が……——

——ここであったのも神様が結んでくれた縁だから……そうだな、団子一本のお代、五文に負けとくよ——

「ってことでさ」

三吉は肩をすくめた。

花山では、南部の本店から鉄器などを積んだ荷がしょっちゅう入ってくる。分店からも江戸ならではの切り子ガラスなどを買いつけては、本店に送っている。荷だけでなく人も定期的に行ったり来たりしていて、シゲは江戸から本店へ向かう人に文を託すことができるという。

「今日書いた文は、明日、南部に向かう手代《てだい》さんに頼むみたい」

三吉は名前を呼ばれ、代書仕事に戻っていった。

気がつくとぼうの姿が消えていた。

咲耶は急いで外に出た。

ぼうの後ろ姿はすでに人波の彼方《かなた》だ。咲耶は懐から式札を取り出し、念をこめ、その背中に飛ばした。ぺたっと式札がぼうの背中にくっついた。これでもう、ぼうの姿を見失うことがない。

たどり着いたのは、シゲが働く花山分店だった。ぼうは、店の前に立っていた。

咲耶が駆け寄っても、ぼうはじっと店を見つめている。

「ここなの？　ぼうちゃんのおうち」

ぼうは「ううん」と首を横にふる。

と、店から宗高の声が聞こえた。

「では当日、うかがいますので」

「お待ちしております」

江戸分店の主はじめ、番頭に見送られて宗高が出てきた。目の前に咲耶とぼうが立っていることに気がつくと、驚いて目を細めた。

「お、咲耶、どうした？　こんなところで」

「いえちょっと、この子が……」

そういえば、宗高が今日、祈禱の相談で呼ばれていたのは花山だったと、咲耶は今になって思い出した。

「どこでぼうを見つけた？　両国広小路か？　……ぼう、勝手に外に出ていったらいけないぞ。咲耶は青くなって、おまえを捜しに飛び出していったんだぞ」

ひょっと首をすくめたぼうを軽々と抱いた。

「さ、帰ろう」

宗高の勢いに押され、荒山神社に戻ることには戻ったが、ぼうは縁側に腰かけ、風車を持ったまま、秋の空を見つめている。

「花山さんの相談はどんなものだったんです？」

ぼうの隣に座り風車に息を吹きかけている宗高に、咲耶はいつものように尋ねた。

「それがな、本店の蔵が丸焼けになり、今度、新たに蔵を建てるそうだ。その建《た》前《まえ》と同じ日に、江戸分店でも商売繁盛《はんじよう》、家内安全の祈禱をしたいというんだ」

ふいにぼうが立ち上がった。

「ん？　どうした？　花山が気になるか？　いやしかし、花山にはそんな年頃の子どもはいない。花山の奉公人の子どもが迷子になったなんて話も出なかったぞ……」

咲耶ははっとした。

座敷童子が住んでいたのは、南部にある花山本店の蔵だったのではないか。

蔵が焼けてしまい、近くの神社に居を替えていたところ、参拝に訪れた人について、江戸に出てきたのではないか。

シゲの顔が浮かんだ。

姉ちゃんと一緒に船に乗り、歩いてきたと座敷童子は最初にいっていた。

もしかしたら、シゲがそれと知らぬまま、この座敷童子を南部から江戸まで、荒山神社まで連れてきたのではないか。

◇◆◇◆

宗高が社務所《しやむしよ》に向かうや、咲耶は座敷童子の手をつかんだ。

「ぼう、花山に行こう。ぼうがどうしてうちに来たのか、わかった気がするの」

「ん？」

座敷童子は咲耶を見上げ、ぴょんと立ち上がる。

花山に着くと、咲耶は店の者に頼み、シゲを呼び出した。

シゲは前掛けで手を拭《ふ》きながら出てきた。姉《あね》さんかぶりにした手ぬぐいをはずし、こけしのような顔に怪訝な表情を浮かべ、咲耶におずおずと会釈《えしゃく》する。

「忙しいときにごめんなさい。私は荒山神社の女房の咲耶と申します。実は、おシゲさんにひとつ聞きたいことがあって……」

「なんでおらに？　人違いでねえべか。会ったこど……ないですよね」

「おシゲさんのことは、代書屋で見かけて……三ちゃんはうちの長屋に住んでるんです」

あわてて咲耶はいった。シゲとの縁は三吉しかいない。

「三ちゃん？　ああ、三吉さんの。三吉さんにはお世話になってます。で……なんだべ」

シゲが急に打ち解けた口調になった。

咲耶が、江戸に出る前に本店の近くの神社に参拝をしてきたかと聞くと、シゲはこくんとうなずいた。

「店の近くの八幡さまに、いっつもお参りしてで。……こっちさ来る前にも、無事に江戸にたどり着けますようにって、願掛けして、お守りもいただいで」

「うちの神社にも来てくれてるよね」

「この店の産土《うぶすな》さまだって聞いて。お参りに行ぎました。ちょっと遠いがら一回しかお参りに行げでねんだけど……。いいどこですね。三吉さんと会わせてくれだのも、荒山さんだし」

そのときだった。シゲが耳に手をあてた。

「あれ？　声が」

咲耶の心にも声が聞こえた。小さな男の子の声だ。

――おシゲちゃん、けっぱれ。江戸でもいいことあっがら。心配いらね、おシゲちゃんはいい子だがら心配いらね。意地悪する女中たちは悋気《りんき》を起こしてるだけだ。そのうち、おシゲちゃんのこどが好ぎになる。仲良ぐできる。……おシゲちゃんのこどは、この家さいるもんに頼んどぐがらな――

「……あの声だ」

シゲがはっとしてつぶやく。蔵が火事になったとき、本店にいたみんなが聞いた声だという。

「逃げろ逃げろって。必ずこの家は持ち直すから、命ひとつ持って逃げろって。

……おかげで、あの火事では誰ひとり、怪我《けが》しねかったんだ」

まわりを見渡したが、男の子はぼうただひとりしかいない。

「……空耳《そらみみ》だべか……」

シゲは耳に手をあてながら、首をかしげた。咲耶は首を横にふった。

「ううん。空耳じゃない」

「おかみさんも聞いた？」

「ええ。おシゲちゃん、心配いらないって」

シゲの目に涙があふれた。

「座敷童子だ。……火事のときに聞こえた声。あの声は、きっと座敷童子だって、みんないってだ。座敷童子がみんなを守ってくれたって。店も座敷童子がいれば大丈夫だぁって。……座敷童子がおらのことも、気にかげて、守ってくれでるなんて……」

両手で顔をおおって泣いているシゲの袖をぼうがつかんだ。

「泣ぐな。笑え」

小さな声でぼうがいう。

シゲは手ぬぐいで顔をぬぐい、赤い目でぼうの顔をのぞきこんだ。ぼうがにっこり微笑む。

「……めんこい童《わらし》だごと……」

またシゲの目に涙がふくらんだ。

「なしてだべ、この子を見てたら、南部の山や空を思い出した……」

シゲに頭をなでられたぼうはくすぐったそうだ。

「おシゲ。いつまで油売ってるんだい。忙しいときに何をやってんだか」

先輩女中が意地悪く呼ぶ声がした。シゲはくるっとふり向いて叫《さけ》ぶ。

「は〜い。今いぎます」

シゲは咲耶に向き直った。

「まだお参りに行ってもいいですか」

「いつでもどうぞ。神様も喜ばれます」

明るくうなずき、しゅんと鼻をすすりあげ、シゲは奥に走っていく。

シゲの姿が店に消えると、ぼうは店の二階の窓を見上げた。

その視線の先に、ぼうとよく似た男の子が見えた。男の子はぼうに笑顔でうなずいた。

窓から顔を出したのは、花山分店に住む座敷童子で、その子に、ぼうはシゲのことを頼んだ、咲耶はそんな気がした。

荒山神社に戻ると、拝殿から、夕拝の祝詞《のりと》をあげている宗高の声が聞こえた。

咲耶は神社の境内の階段にぼうと二人並んで座った。

「花山本店の蔵が住まいだったの？」

「んだ」

ぼうが答えた。

これまでの、消え入るような声ではなく、はっきりと。

「ずっと蔵さ、住んでだんだ」

蔵が焼けて、座敷童子は近くの八幡神社に仮住まいしていたが、火事騒ぎが落ち着き、新しい蔵ができたら戻るつもりだったという。

「火事が出たのに、またその家に戻るつもりだったの？」

「あの家は居心地がいいがら。家のもんは奉公人たちに優しくて、みな働き者で、正直で、人心が優《すぐ》れてる……火事はお客の煙草《たばこ》の不始末で、家人のせいじゃねがったし」

「それがどうして江戸になんか」

「毎日、おシゲちゃんが八幡さまにお参りに来てて、めんこくて……」

ある日、泣いていたシゲが心配になり、つい、ついていったら江戸まで来てしまった。困り果てて、シゲについて訪れた荒山神社に、とりあえず住むことにしたという。

「けんど、おシゲちゃんはそれっきりお参りに来ねぇし……この神社から南部に帰る道もわからねぇ……帰りたいのに帰れねぇ。迷子になっどは思ってもみねかった」

ひとりで歩いたのは、両国広小路に行ったのがはじめてで、両国広小路からシゲについて花山に行ったのが二度目。それだけだという。

やればできるもんだなと、大まじめにうなずき、決心したように続ける。

「帰らねど。ひとりでも。南部のあの家さ」

「花山本店の座敷童子だもんね」

「座敷ぼっこだよ」

「ぼっこ？」

「おシゲちゃんは座敷童子ってゆったけど、あれは今風の呼び方で、昔からおれの名前は座敷ぼっこ」

名前はぼうではなく、ぼっこの「ぼっ」だったのだ。

南部の花山本店までは長い道のりだ。いくら神様といえど、江戸で二回、短い距離を一人で歩いたことがあるというだけでは、また迷子になる不安もある。といって咲耶がついていくわけにもいかない。どうしたらいいものか、あれこれ考えていた咲耶は、はっと顔を上げた。

「そういえば、三ちゃんが、明日、花山分店の手代さんが南部の本店に向かうといってたわ。おシゲちゃんがその人に文を頼むんだって。その手代さんについていけば、花山本店に戻れるんじゃない？」

「うん。本店に行く手代さんについていったら帰れるな」

座敷ぼっこの顔がぱっと明るくなる。

「手代さん、花山に着いたら、きっと向こうの八幡さまにお参りするよ。花山の新しい蔵ができるまで、八幡さまにまた仮住まいしたらいいよ。うちの人も、いい蔵ができるように地鎮祭《じちんさい》の日に、こっちでしっかり祈禱するから」

「それならなお安心だ。宗高さんは、きれいな気持ちだけはあるから」

ぼうは人の心をとろかすような、花のような笑顔を見せた。

きれいな気持ちだけはあるといわれたら、虫の知らせもあると信じている宗高はがっかりしそうだが、きれいな気持ちを持ち続けることが簡単ではないことを、咲耶も座敷ぼっこも知っている。

翌朝、まだ暗いうちに、咲耶と座敷ぼっこは起きた。鳥居の外まで出て、咲耶は座敷ぼっこを見送った。

空はまだ暗く、星が光っていた。座敷ぼっこは子の星を指さした。

――南部はあっちにあるんだ――

――これから寒くなるね。元気でね。神様にいうのも変だけど――

――へば――

座敷ぼっこの頭陀袋は来たときよりもふくらんでいる。熊柄の茶碗が入っているからだ。背中にさした風車は風をうけ、くるくると回っている。

だんだん座敷ぼっこの姿が小さくなる。そしてふっと姿が消えた。

――さよなら、座敷ぼっこ――

――咲耶さん、お世話様だっけな――

心の中にそれぞれの声が響く。

咲耶は境内に向かい、拝殿で手を合わせた。

「神様、小さな神様の座敷ぼっこが無事に南部まで戻れるようにお守りください」

　しらじらと夜が明けて、新しい朝が来ていた。

　家に帰ると、宗高が床の間の前に座っていた。

「咲耶、床の間に置いてあったこれを見たか」

　宗高は「いえがみつかりました。かえります。おせわになりました。このごおんはわすれません。ぼう」と書いた文を持っている。

「ええ。それで捜しに出たんだけど……」

「見つからなかったか」

「影も形もなくて……」

「ほんとに出ていったのか。昨夜は一緒に寝《やす》んだのに……出ていったのは、夜から朝までの間だな」

　例によって宗高は、当たり前のことを重々しくいう。

「家が見つかったって……どこの子だったんだろうな？　そのくらい教えてくれてもよさそうなもんだがな……なんだか狐《きつね》に化《ば》かされたような話だ」

　宗高は腕を組んだ。

　考えこんでいた宗高がぱっと顔を上げた。

「ぼうはほんとに人か？　……もしかしたら、人じゃなかったんじゃないか？　あるじゃないか。神様が人に化けて訪ねてくるって話が……」

宗高は、よくあるおとぎ話を語りはじめた。

旅人が一夜の宿を頼むという話だ。ケチな金持ちは旅人を体《てい》よく追い払うが、貧乏だけど働き者のばあさまとじいさまは快《こころよ》く引き受け、自分たちの食べる分まで旅人にごちそうする。後日になって旅人が神様だということがわかり、金持ちは運が尽《つ》き、ばあさまとじいさまはやることなすことうまくいき、大金持ちになる……。

近いが、惜しい。

「何かいいことあるかもな」

「ええ。あるような気がします……」

ふたりは顔を見合わせて笑った。

「それにしてもかわいらしい字じゃねえか。で、文の上に小豆が三粒のってただろう。ほら、これ」

宗高は小豆をつまみあげる。

小豆は座敷童子、もとい座敷ぼっこの好物だ。お守り入れを作り、小豆を一粒入れて、シゲに届けてやろうと、咲耶は思った。

雨戸をあけると、きれいな秋空が広がっていた。

手代さんと座敷ぼっこの旅が今日のようなお天気に恵まれますようにと、咲耶はよく晴れた空に向かって手を合わせた。

「今日の夜は一本つけましょうか。あの子が残したサボンの徳利で」

ふり向いて咲耶がいうと、宗高が目を細めてうなずく。

その日から江戸は少しずつ冬に向かっていった。

一〇〇字書評

切り取り線

購買動機（新聞、雑誌名を記入するか、あるいは○をつけてください）

□（　　　　　　　　　　　　　　　　）の広告を見て
□（　　　　　　　　　　　　　　　　）の書評を見て
□ 知人のすすめで　　　　　　　　　□ タイトルに惹かれて
□ カバーが良かったから　　　　　　□ 内容が面白そうだから
□ 好きな作家だから　　　　　　　　□ 好きな分野の本だから

・最近、最も感銘を受けた作品名をお書き下さい

・あなたのお好きな作家名をお書き下さい

・その他、ご要望がありましたらお書き下さい

住所	〒				
氏名		職業		年齢	
Eメール	※携帯には配信できません	新刊情報等のメール配信を 希望する・しない			

この本の感想を、編集部までお寄せいただけたらありがたく存じます。今後の企画の参考にさせていただきます。Eメールでも結構です。

いただいた「一〇〇字書評」は、新聞・雑誌等に紹介させていただくことがあります。その場合はお礼として特製図書カードを差し上げます。

前ページの原稿用紙に書評をお書きの上、切り取り、左記までお送り下さい。宛先の住所は不要です。

なお、ご記入いただいたお名前、ご住所等は、書評紹介の事前了解、謝礼のお届けのためだけに利用し、そのほかの目的のために利用することはありません。

〒一〇一－八七〇一
祥伝社文庫編集長　清水寿明
電話　〇三（三二六五）二〇八〇

祥伝社ホームページの「ブックレビュー」からも、書き込めます。
www.shodensha.co.jp/bookreview

祥伝社文庫

女房《にようぼう》は式神遣《しきがみつか》い！　あらやま神社《じんじや》妖《よう》異録《いろく》

令和 3 年 11 月 20 日　初版第 1 刷発行

著　者　五十嵐佳子《いがらしけいこ》
発行者　辻　浩明
発行所　祥伝社《しようでんしや》
東京都千代田区神田神保町 3-3
〒 101-8701
電話　03（3265）2081（販売部）
電話　03（3265）2080（編集部）
電話　03（3265）3622（業務部）
www.shodensha.co.jp

印刷所　堀内印刷
製本所　ナショナル製本
カバーフォーマットデザイン　中原達治

 ISBN978-4-396-34778-9 C0193

祥伝社文庫の好評既刊

五十嵐佳子
読売屋お吉 甘味とぉんと帖
菓子屋の女中が、読売書きに転身！ まっすぐに生きる江戸の〝女性記者〟を描いた、心温まる傑作時代小説。

五十嵐佳子
わすれ落雁《らくがん》 読売屋お吉甘味帖②
新人読売書きのお吉が出会ったのは、記憶を失くした少年。可憐な菓子を手掛かりに、親捜しを始めるが。

五十嵐佳子
かすていらのきれはし 読売屋お吉甘味帖③
新しい絵師見習いのおすみは、イマドキの問題児で……。後始末に奔走するお吉を、さらなる事件が襲う！

五十嵐佳子
結びの甘芋 読売屋お吉甘味帖④
取材先の寺で、突然死した踊りの師匠。心の臓が弱っていたという診立てに不信を抱き、事情を探るお吉だが……。

神楽坂 淳
金四郎の妻ですが
大身旗本堀田家の一人娘けいが、嫁ぐように命じられた男は、なんと博打好きの遊び人――遠山金四郎だった！

神楽坂 淳
金四郎の妻ですが 2
借金の請人になった遊び人金四郎。返済の鍵は天ぷらを流行らせること⁉ 知恵を絞るけいと金四郎に迫る罠とは。

祥伝社文庫の好評既刊

西條奈加

御師弥五郎《おんしやごろう》 お伊勢参り道中記

無頼の御師が誘う旅は、笑いあり涙あり、謎もあり——騒動ばかりの東海道をゆく、痛快時代ロードノベル誕生。

西條奈加

六花落々《りっかふるふる》

「雪の形を見てみたい」自然の不思議に魅入られて、幕末の動乱と政に翻弄された古河藩下士・尚七の物語。

西條奈加

銀杏《ぎんなん》手ならい

手習所『銀杏堂』に集う筆子とともに成長していく日々。新米女師匠・萌の奮闘を描く、時代人情小説の傑作。

今村翔吾

火喰鳥《ひくいどり》 羽州《うしゅう》ぼろ鳶《とび》組

かつて江戸随一と呼ばれた武家火消・源吾《げんご》。クセ者揃いの火消集団を率いて、昔の輝きを取り戻せるのか⁉

今村翔吾

夜哭烏《よなきがらす》 羽州ぼろ鳶《とび》組②

「これが娘の望む父の姿だ」火消としての矜持を全うしようとする姿に、きっと涙する。最も〝熱い〟時代小説！

今村翔吾

九紋龍《くもんりゅう》 羽州ぼろ鳶《とび》組③

最強の町火消とぼろ鳶組が激突⁉ 残虐な火付け盗賊を前に、火消は一丸となれるのか。興奮必至の第三弾！

〈祥伝社文庫　今月の新刊〉

宮津大蔵
うちら、まだ終わってないし
アラフィフの元男役・ポロは再び舞台に立つことを目指す。しかし、次々と難題が……。

森　詠
ソトゴト　梟《ふくろう》が目覚めるとき
東京五輪の陰で密かに進行していた、日本壊滅の危機！　テロ犯を摘発できるか？

南　英男
疑惑領域　突撃警部
剛腕女好き社長が殺された。だが全容疑者にアリバイが？　衝撃の真相とは――。

鳥羽　亮
虎狼《ころう》狩り　介錯人・父子斬日譚
貧乏道場に持ち込まれた前金は百両。呉服屋の無念を晴らすべく、唐十郎らが奔走する！

五十嵐佳子
女房は式神《しきがみ》遣い！　あらやま神社妖異録
町屋で起こる不可思議な事件。立ち向かうのは、女陰陽師とイケメン神主の新婚夫婦！

馳月基矢
伏竜《ふくりよう》　蛇杖院《じやじよういん》かけだし診療録
悪の巣窟と呼ばれる診療所の面々が流行病と対峙。その一途な姿に……。熱血時代医療小説！